LOCUS

LOCUS

LOCUS

LOCUS

RECREATION

R49
迷戀 ·咒

作者： 劉索拉
責任編輯：韓秀玫　封面美術：陳俊言
法律顧問：全理法律事務所董安丹律師
出版者：大塊文化出版股份有限公司
台北市10550南京東路四段25號11樓
www.locuspublishing.com

讀者服務專線：0800-006689
TEL：(02) 87123898　FAX：(02) 87123897
郵撥帳號：18955675　戶名：大塊文化出版股份有限公司

總經銷：大和書報圖書股份有限公司　地址：新北市新莊區五工五路2號
TEL：(02) 89902588　FAX：(02) 22901658
製版：瑞豐實業股份有限公司
初版一刷：2013年3月

定價：新台幣 220元
Printed in Taiwan

迷戀・咒 / 劉索拉作.
-- 初版. -- 臺北市 : 大塊文化, 2013.03
面； 公分. -- (R;49)
ISBN 978-986-213-424-5 (平裝)

857.7　102002983

迷戀·咒

LOST IN FASCINATION

劉索拉 — 著

序一

不諧和音

洪晃

每當我碰見一幫子時尚女郎和物質女郎，聽她們聊擦臉油、名牌包，我就特別想念索拉。

當然早就聽說過她。在倫敦見過一個高幹子弟，她說，要是你來倫敦，有兩個女人必須要見。我問，誰呀？她說，劉索拉你認識嗎？我說，知道，看過她的小說，寫得特好。那另一個呢？那女的看著我，說，就是我呀！笑得我差點兒沒背過氣去。

那時我想像索拉是個強勢的女人，就像現在別人對我的想像那樣。直到十年前我們才第一次見面，通過一個共同的朋友點點約了她吃飯，立刻發現跟想像的不同；我見過很多女作家，她們熱衷發表演講，習慣被人仰視，甚至你做了一下午採訪，下次見面人家還說「我見過你嗎？」

但索拉是個交流型的女作家，她不端著，不矜持，即使已經特有名，還是對狗屁不是的我有好奇心，照樣問「你爲什麼和陳凱歌吹了？」或者「你穿這個挺好看的」。她對別人感興趣，這種特質在名人當中特別少見。我一下子覺得她太偉大了，特別透徹，是個天才。

從我見她，她永遠只穿黑色，裹得嚴嚴實實，跟個老巫婆似的。不變反而成了風格，這是我從她身上學到的。告訴你個祕密，有次她要出國挺長時間，我幫她理箱子，打開衣櫃，半櫃子大花衣服，巨花巨花的！索拉勒令我不准說出去，說她就喜歡農村那種特俗的大花，忍不住就買了，特想穿出來但從來不敢穿。一想到這事兒我就大樂。

提起「藝術家」三字，我想起的就是劉索拉。我管她叫「大仙」，她是有仙氣的。索拉請客吃飯，大家必去，不去的人可能成爲被損的主兒，她罵人的刻薄話能把你樂得前仰後翻，前提當然被罵的不是你。有些話我說出來就是「痞」，她講出來就是藝術。她眞是做音樂的人，話裡永遠有節奏感，有次她損我，說「洪晃就像快板似的，誰也不知道她幹嘛呢。」她還能把一個人唱出來，說這個人就是！@＃¥%……你一聽那節律就知道那人什麼樣了，比什麼詞兒都管用。

她說過我們倆的關係就像「不諧和音」。我們有許多不諧和的地方，譬如我認識到她的才氣，曾經特想把她商業化一點。她回國之後，我跟卡地亞要了一筆錢，給她組織了個音樂會，雖然是人家出錢，但索拉不依不饒，逼著我說服卡地亞服從她，終於音樂會完成了，她卻對媒體抱怨現場音響不夠好，媒體又來找我，說劉索拉說你把她的音樂毀了，我特別下不來台，委屈得不得了，哭了一鼻子，發誓再也不理她了。但因爲她太好玩了，加上我是個沒什麼記性的人，也就又混一塊兒了。

那段時間我發現索拉是個特別能說「No」的人。我努力把她拉到各種時尚聚會，她就找個角落坐下，也不說話，明顯不高興，我想敢情這姊姊是無法商業化了。後來我知道她是對的，我是錯的，我們把太多好東西都商業化了。

但她這脾氣吧……也挺狠的。她情緒不好的時候容易你哪兒疼她往哪兒戳。有段時間我特別認眞地想把雜誌做好做大，結果她說，「你就是個小商人」，搞得我特別受傷。這絕對是她的缺點，但我不會因爲這個就不跟她做朋友了。

如今的中國，把有頭腦的女人都變成了物質女郎。我認識的名人都是有價的，但索拉對不想去的事，給多少出場費都沒用。一個破活動，請一幫人來吃個飯，出場費三萬，我給她打電話，她說你能不能不給我打這個電話，我眞不想去。對很多人來說這是easy money，花兩小時，不用講話不用演出，吃完飯就幾萬到手，不做白不做，但對索拉說不是這樣。她對錢沒什麼概念，但每次演出跟我談錢，唯一要求是要對樂隊好，我親歷過兩次，信封直接給樂隊，她一分沒要。

她雖然是家裡最小的孩子，卻常有一種女俠的感覺，有「我要罩著別人」的本能。同時她也是個美女，特討厭，老逗我老公！當著我的面，對我老公說什麼「你什麼時候來找我吃飯吧」之類，我特別不經逗，一開始覺得這女的有毛病吧！現在這已經成了個玩笑，失去了作用。她也就開這種玩笑的時候才顯露出那根「知道自己是美女」的弦。

序二
詭異愛好

楊季爾

成爲她的助理，她問的第一句話是：你是個晚睡的人嗎？得知我的作息規律是凌晨四五點睡、下午一點鐘起，她才出了一口氣，因爲只有這種作息才能與她早上七點睡、下午三點半起的習慣合宜。

此前我在中央音樂學院讀書，視她爲偶像，羨慕她的音樂方式和生活方式：特別自由，特別「自己」。那時我雖然仍舊熱愛音樂，對於自己彈了二十多年的鋼琴卻已特別厭棄，和她一起排練，她要的不是古典鋼琴的效果，而是自由爵士的感覺，但排練兩個星期之後，我仍然找不到調子，還是她一句話醒了我：「你就把你對所有事情的怒氣都發洩到鋼琴上！」我一下明白該怎麼彈了。我認定她適合當老師，雖然她從未在音樂學院正式任職。現在和劉老師做音樂根本不是傳統古典音樂那套要求，跟原來的那種「譜子上一個音不能落」的系統完全反著來。她給我的譜子上通常是一些有框架和設計的動機和段落，音樂中間的進行是需要演奏者自己來即興發揮的。例如九月十四日的那場音樂會上，劉老師、張仰勝和我演奏的那首《仙兒念珠》，是早期爲爵士鋼琴家愛米娜所作的一首樂曲。它是在準確的結構設計下，鋼琴部分僅提供必要的動機音型，大量留白以追求演奏家即興的個性痕跡。所以這首曲子每個鋼琴家在演奏的時候都不一樣，是即興水平的較量。又因爲音樂風格基礎和聲和結構已經由作曲家控制，故此類即興需要演奏家不僅靈活還要有專業的準確和敏銳。此類作品和完全即興音樂又有很大差異。這種演奏方式給了我一個完全不同以往的演奏體驗：既不能猶豫也來不及假裝，你演奏的就是你自己。

她是個嚴謹而專業的音樂人，爲了九月的音樂會我們提前一個月每天看排練，始終錄音、重聽、分析，任何細節她都不放過。她演講或者寫文章前我幫她準備資料，每次都是厚厚一疊，她從不會上台空說，總要有足夠理論支持才會說話。偶爾她也會抓狂一下，譬如電腦死機，她就要大叫「這電腦完蛋了！」或者硬碟出了點毛病，她又惶恐「東西一定都丟了」！其實她是對機器很熟悉的人，但認眞使得一點小問題都足以讓她焦慮。

平時她的確很仙兒，我們常聊一些很「靈」的話題，她會算命數，給我算過，也肯定給自己算過，平時要做什麼事，她會有感覺，如果看得清，她就做；如果感覺不順，她就不做了。她還有個詭異的愛好是每天都看恐怖片，我們住798那會兒，我去廁所要經過她的房間，總在凌晨四五點聽到各種嚎叫，特別納悶，後來才知道她把網上能找到的恐怖片都看完了，這本小說《迷戀．咒》就是在恐怖片的聲音中誕生的。

自序

《迷戀·咒》定為本書名，要感謝中國作家出版社的兩位責任編輯漢睿、朱燕共同獻策。

迷戀這個詞來自英文詞 fascination，而我這整部小說是受到 fascination 一詞的啓發而寫成。根據我對 Fascination 的理解，除了譯成「迷戀」，找不到更合適的詞了。Fascination，直接的翻譯是：對某事某人不可遏制不可掩飾的興趣，古代拉丁語的意思是被施巫術了。簡言之，就是有針對性的自 high。所以「迷戀·咒」連在一起讀，也解了原拉丁詞之意：迷戀咒。

當人不可遏制被某類事或人吸引，如同被詛咒般不可擺脫，這就是把自己放在了天堂和地獄之間的秋千上，忽悠上天又忽悠落地，命運起伏，凡非要為此情結獻身拚命者都屬於這類。迷戀情結使人好了傷疤忘了疼，不斷把自己打入地獄，還覺得是在天堂。大多數人在這個世界上活了一遭，都難免會受到此種詛咒，但也可以把這詛咒叫做命運的關愛吧，因為在迷戀中也是很舒服的。比如愛酒者，想到酒就眉開眼笑；愛畫者，睜眼閉眼都忍不住構圖；愛他人勝己者，一想不開就要殉情等等。旁觀者看著一個中了「迷戀咒」的人，千萬不能攔著，那人哪怕是在下油鍋，面部表情也是幸福的，你攔著就可能毀了一個人一生選擇的幸福。但「迷戀」和「迷惑」不是一回事：被迷惑的人常常會醒來；但去迷戀的人是自我決定的，不會醒來也不願醒來，沒有這個幸福的「孽障」，我們就似乎會失去很多人生享受和智慧。

這是由一堆城市噪音組成的瞎編故事，能讀出一、二者，恭喜；讀不出，我獻上一段美國動作喜劇片的台詞讓你更糊塗點：我不知道我是個什麼鳥人但我通過扮演個什麼鳥人來假裝知道我是個什麼鳥人……然後你就闔上書。

索拉

二〇一〇年十月二十五日　北京

第一章

愛情的智慧和智慧的智慧不是一種智慧。

1

這是二十世紀九〇年代的曼哈頓。

警車，創作了這個城市的音樂。欲望，是這個城市舞蹈的起源。

音音走在曼哈頓下城的街道上，排練完，不想搭車，喜歡聽街上的噪音，看人們匆忙的腳步，幻想聽不到的音樂。

音音常常從曼哈頓下城徒步走回曼哈頓中城。曼哈頓的大部分街道以數字命名，沒有任何意義和故事，非常好記，且直來直去，看上去毫無神祕感，遠不如北京那些曲裡拐彎的胡同誘人。這個城市沒歷史，倒不等於沒文化，連人們走路的腳步節奏，都充滿了內容和故事。看人們的步伐，會想到紐約處處在演奏著的那些動人的爵士樂，勃勃生命，在目的與茫然之間飛快的移動。這些充滿生機的腳步程式，終點都不一致，但是移動本身成了一種生命的價值。

無論是從窮國還是富國來的移民，都能從曼哈頓的髒亂中找到意外的驚喜，腳下踩著的，頭上飛著的，所有的垃圾都可能是某天突然被發現的哲理。

下城，不僅吃穿盡有，是移民的天堂，運河街上更是人山人海，真如同一條充滿欲望的水渠，欲望之水嘩嘩一直湧向上城，前景刺眼，連垃圾都象徵著筋疲力盡的故事。

音音邊走邊下意識地用手指在大腿上敲——這是鋼琴演奏者的毛病，看著周圍的人和事，手指不受大腦支配地在大腿上飛快彈奏，彷彿已經有了新的音樂被記載在手指尖上，記載在微塵飛揚的褲子和手指之間。

音音這種音樂家，好心情和壞心情能隨時在身上湧現。如同左手和右手任意在鍵盤上按出互相抵抗的音色；又如同瞬間轉換的音響和能量的色彩。在臺上，她屬於那種能給觀眾帶來層層驚訝的表演者，但是在生活中，每天邋鞦韆似的情緒使她自己暗暗發瘋，飽受折磨。所以她每次排練完要獨自走段路，在告別合作夥伴之後，與回家見到男朋友之前，需要一個人喘口氣。看著垃圾飛揚，看著小廣告順著風在人頭上打轉兒，看著要落下的太陽，無緣無故的傷感一會兒。

任何事情都能引她哭或笑，除了哭笑，別的情緒似乎很難留在她的記憶裡。她看著街景和行人，看著垃圾，看著路邊的窗戶，感歎自己的音樂永遠不能眞正調侃和嘲笑「美麗」人生，手下的音符無法準確描繪出那些掛著昂貴窗簾的窗戶裡的事，那些人類生活中的盤算，那些生計和欲望的實現，那些人生最實際的開始和結束等等。在正常的社會生活中，語言顯得比音樂誠實多了；而音樂除了能把人從現實中拉出來，還會使所有的虛僞都變爲美麗，屠殺變爲烈舉，無論結局是多麼荒謬，音樂家們仍舊理直氣壯地演奏著。

我手下的音符等於是什麼？她開始覺得壓抑，再想想，也可能不是因爲音樂的荒謬，而是因爲她快要結婚了。

她邊走路邊左顧右盼，這樣可以分解苦思冥想。

迎面走過來一個年輕女人，戴著耳機，讓音樂領著她活在持續的夢想裡；前面一個中年婦女穿著超短裙匆匆疾走，開始鬆弛的大腿暴露無遺，欲望仍舊使她保持著自信的昂首闊步——一條大腿渴望邁進上城，另一條大腿渴望吸引下城；街旁古董店畫像中的女人們由於被觀者抽象地愛著而愁眉苦臉；現實中的女人們則被愛情的具體內容牽著滿街亂竄。

然後她低頭走路回憶剛才排練的情景：

《生命樹》是她最新創作的作品，塞澳是她請來的舞蹈家。她用鋼琴演奏和塞澳的舞蹈表演來表現生命中的未知。這是音音永遠迷戀的內容，生命和靈魂的距離。

塞澳邊舞蹈邊朗誦音音寫的文字：生命是，一棵樹。

他邊舞邊說，身體如同古代埃及的神像，舞蹈動作如同神像復活。

他繼續朗誦：皮膚渴求著愛人的撫摸，脈絡渴求著震顫。

他伸展著黝黑修長的四肢。

音音邊演奏也邊朗誦：我看到脈絡的河流，纏來繞去。

塞澳：如果沒有愛情，它們就會塌陷。
音音：憂鬱使神經結成血網。
塞澳：歲月，使血管乾枯。
音音：生命由互相沒有關係的和聲組成，智慧是最不諧和的音程。
她加快了演奏，塞澳的動作馬上跟上來，沒有任何節奏障礙。
然後音音停了：眞奇怪，怎麼你第一個動作就是我想看到的舞蹈？
塞澳也停下來：沒辦法呀，我們命裡註定就是要合作的。上帝把我送給妳了。
音音沒說話，接著彈琴；塞澳又抖動起渾身的肌肉，接著舞蹈。
排練結束，告別的時候，塞澳拉起音音的手背，嘴唇在那手背上逗留了一下如同一個小滑音。
這麼一個小滑音使音音在很久之後還能覺得那手背跟身體別的部位比起來有點兒優越了。

2

音音到家了。她最近有了個新家，和男朋友艾德訂了婚，合租了中城的一個優雅公寓。

這就叫愛情、叫生活，她打開家門，叫一聲正在寫作的未婚夫：嘿！

裡面有人應了一聲：嘿！

這就叫搭幫過日子，走到艾德身邊，互相輕輕碰碰嘴唇，然後音音到廚房的餐桌前去吃東西。廚房裡木製的餐桌上常擱著咖啡、麵包、餅乾和乳酪，看出住在這裡的人隨時都在吃喝。

艾德也走過來：今天妳過得怎麼樣？

音音：《生命樹》的專案開始了，新請的舞蹈家眞的很懂我的主題，眞是請對人了。

艾德：是個什麼人？叫什麼？

音音：塞澳，是個混血，個子高大細長。

艾德：啊，有意思，肯定是個好看的人。

音音：很好看。

音音微笑：這下你有對手了。

艾德：哈，沒有人是我的對手。

艾德得意的笑：我得接著去寫書了，剛到最緊張的時候，不寫出來就忘了謀殺順序了。

他站起來，拿著一塊乳酪走了。

音音嗯了一聲，接著喝茶。

坐在開放式的廚房餐桌旁，可以看見整個公寓的全景。

進門，客廳裡掛著音音從父親那裡得到的中國古代山水畫。一架大三角鋼琴擺在客廳的一角，鋼琴邊擠著一架豎琴是音音從舊貨攤上買來的，豎琴旁的木製矮琴桌上放的是一架中國古琴。

這就是音音的全部自我世界，被琴遮掩著。在客廳的另一半，是整牆的書架，上面擺滿各種書和小古董，顯然是艾德的天地。書架前是個精緻的歐式皮面書桌，那是艾德和三角鋼琴對峙的自我體現。只有在睡房裡，看到他們的共同世界——地上鋪著厚厚的 futon 褥子，兩個人誰都不會去疊被子和毛毯，爲了每天滾進那裡摸索未來。

除了一塊兒睡覺，能看出這兩個人想方設法的在愛情誓言之下分隔著自己的世界。不僅客廳以完全不同的風格擺設，兩個浴室也被分爲男女專用，小號的客廳浴室裡整齊的擺著男用香水和剃須皂，是艾德用的；在那個連接著臥室的大浴室裡，五花八門，到處都是香膏油脂衛生用品等等，一個古董沙發上永遠亂放著絲綢浴衣和各種內衣，艾德晚上撒尿也得出去到客廳裡那個浴室去。

音音喝著很平淡的奶紅茶，離開中國太久，喝綠茶的習慣已經不再重要，並且，奶紅茶有鎮靜的功能。

所有的戀情最初，都比既定終身後更精彩。艾德和音音是在駕車橫穿美國時訂的婚。他們在沒有任何地圖的情況下開車橫穿了美國大陸，這種愚昧的熱情只有戀人或者移民有，當時他們同時符合這兩項標準。在旅程中，性迷戀主宰了全程，性器官代替了腦仁子，兩個人的智商都轉移到了兩腿之間。

艾德讚美音音是世界上最性感的女人，顯然這種頭腦發昏的讚美最終留住了音音，他用裁縫做手工般的細膩征服了音音對生命感官體驗的迷戀。在他寫作的謀殺小說中所有男主角最後都是女性的謀殺者，但是在他和音音的實際關係中，他發誓甘願被音音宰割。

音音沒有故意和艾德為難，只不過她對生活的追求僅僅在於對神經震顫的迷戀。音樂之所以對她來說和生命同等重要，不是意義，而是那種震顫著的聲波頻率。音樂激起的神經震顫，任何語言無法代替。所以她選擇演奏，而不選擇思想。

她的思想方法就是順著自己手指的欲望在鍵盤上無目的地演奏，放棄所有音樂準則，只想著十個手指是整個身心的出口，讓手自然地在鍵盤上任意跑過，輕重緩急，手都會從容處理。這種隨便的即興，有點兒象手指的肌肉放鬆運動，又像是一種心理和思想上的放鬆過程，她用聲音給自己的腦子按摩。

音樂家得天獨厚的享受就是可以用音樂為自己設計各種遊戲，種種思想或感情的遊戲最後都可以用音樂作品的形式出現，眞正的想法掩藏在聲音之中，只有同行可能會從聲音中判斷出來。

但是愛情的力量往往能使音樂家暫時放棄隱密的遊戲，當音音和艾德第一次接吻時，她覺得生活中美妙的聲音處處作響，相比之下，用鋼琴演奏的現代音樂遊戲突然變成了生硬的哲學書。愛情的喘息和呻吟勝過所有音響遊戲，興奮使平庸的愛情歌曲竟然變得入耳，連超市裡的音樂都充滿溫馨，那時候音音居然整天沉浸在浪漫主義的美好旋律裡不願出來。

但是，最最美好的人生瞬間終究總會引人進入到常規中，比如每天早晨聞到同樣的煎雞蛋味兒。爲了給自己一些變化，音音又躲回到鋼琴音樂遊戲中。

3

音音站起來，走到鋼琴前坐下，開始自由演奏，想像自己在舞蹈。

想像自己在和一個男人跳探戈。每一個動作都引向新的誘惑，男女雙方的眼睛同時冒著火要把對方吃了似的，像所有電影上的情節。男人在舞步中變出種種花招，女人在動作中現出千媚百態，兩個人時而扮演一見鍾情生不離死不別的情人，時而互為性欲挑逗者，愛情隨時發生，眼光閃耀，每一步伐都必須激起對方更多的熱情，稍顯平庸，對方的眼睛就要開始看別處了，對方的腦子就開始想換舞伴了……這是電影上不經常說到的。

電影或者舞臺上那些跳探戈的場面，誘惑著人們跳進舞池，但是沒多說那些尷尬的眞相。舞跳得好的人，喜歡的是變化多端的伴侶，而最怕拖著一個步伐簡單的搭檔，還要滿臉微笑著堅持到底。也怕對方把自己摟得太緊，如同帶著枷鎖遊戲，樂趣成了苦役。舞步要隨時有挑戰性的變化，舞者要無比的靈活，永遠如同是在愛情中。

愛情是舞蹈，婚姻就是苦役，它最好的一面就是可以遠離興奮而呼呼大睡。

音音有點兒不甘心就這麼走出舞場。

坐在鋼琴遠處，屋子另一個角落的艾德，從音音的琴聲中能聽出她的混亂。音音總以爲艾德的沉默和深情是由於愛情智商下降的緣故，其實，艾德坐在他自己的書桌前，聽著鋼琴的紛亂聲音，腦子裡在走著自己的舞步。

他來自一個傳統混雜的家族，祖上的聯姻可以從英格蘭追溯到山東，再從山東追溯到俄羅斯，最後在蘇格蘭生出了他。所以他對所有的事情都必須找到自己的一個角度來思想，否則他本人無法站在任何一種純粹的文化和社會角度來作出判斷。他身上有太多的血統，但顯然那個山東祖奶奶的遺傳基因最強，使他長著一雙和大鼻子非常不相稱的丹鳳眼。

他對音音不僅僅是簡單的愛情，而是迷戀，音音所有的一切，對於他來說都成了他人生意義的重大部分。包括音音完全沒章法的生活方式，由於在不同社會制度下受到的教育而扭曲了的文化背景等等。音音是在中國六〇年代末文革時期出生的人，童年的生活動盪使她的生存意識中混合了巨大的精神追求，重視生命趣味大於生存條件，願意更相信感覺，卻不奢望安逸。音音多變的想法和情緒往往出於艾德意料之外，比他精心構思的荒謬小說人物還沒道理，比如最使他不能接受的是，音音愛上他的原因不是因爲他的獲獎謀殺小說，也不是他醉心研究的迷戀學說，而是他的情欲。照音音的說法，艾德不過就是她的一個理想性物件。

艾德把自己的情欲歸於迷戀最高境界的反映，而不是普通的肉欲。他對情欲迷戀有很高的追求，總是在找一個他靈魂中可以永恆迷戀的物件，一個他不能用社會準則和學術準則解釋的女人，一種他自己無法解釋的纏繞，這種追求可以把他長期放在一種布局人的境界，永遠可以有所觀察和找到不同的解釋，又永遠陷入無法解釋和再試圖解釋的心態等等。他除了在小說中布局謀殺場面，在生活中也喜歡給自己布局。

他邊聽著音音練琴，邊寫：

哲學的力量是否能夠戰勝愛情？如果哲學可以代替愛情，人類精神生活是否更有希望？

愛情實際上是毒品，它使訓練有素的哲學家完全放棄邏輯，投降於情欲。

但是這毒品是最難戒掉的，很多人以爲一生的要求就是一次最眞誠無私的愛，一次愛就可以得到世界上全部的眞理。

我是不是一個愛情癮君子？哪怕從愛情中不能得到任何眞理，哪怕最後的結果就是失望。

古代哲學家一直在探索愛情和眞理的差別，愛情和眞理有天地之別，愛情本身是激素而不是眞理。它使最聰明的人分泌出智慧的能量，但同時用能量的興奮磁場殺死理性，抹掉智慧。

愛情，就像是治療哮喘病的噴霧劑，噴上一柱，喘氣就暢快；愛情，是最好的清晨濃霧，遮蓋了所有的思想細節；愛情，是最好的消炎藥，殺死多餘的腦細胞就能延長人的壽命；愛情，必須是侵蝕靈魂的，否則，就是合作關係。

智慧是所有男人探索的最高境界，但智慧如果沒有生命的支持就會停止發展，沒有生命的智慧會成爲一種偏見，生命智慧的一大來源就是愛情。

多麼矛盾的邏輯。

因爲，愛情的智慧和智慧的智慧不是一種智慧。
讓我死於愚昧吧。

4

當這兩個人都情緒下降的時候，他們各自開始思想這個關係的意義，自以為與眾不同；但當他倆都情緒上升時，他們和所有情人的趣味是一樣庸俗的。早晨起來，音音坐在床上吃著艾德給她準備的早餐，自己滿意的哼哼著：美麗男人，溫暖早晨，滾熱咖啡，雞蛋火腿，吃吃吃，嘣嘣嘁嚓嚓嘣，這就叫人生。

一邊哼哼她一邊心裡想：難怪我不會唱歌，只能彈琴，聽聽我說出來的話簡直是庸俗不堪！

對將要面對的婚姻，艾德格外認眞。他和父母談好，要在曼哈頓買一所公寓。所以早晨是艾德在報紙上找房子廣告的時間。

邊吃早飯，邊看房子廣告。邊看廣告，艾德邊會說：如果買一個這麼大的房子，夠嗎？然後他自己回答：……不夠，現在妳練琴的時候，我就得聽著，不能集中。我得有一個房間可以關門的。……妳夠嗎？只有客廳沒有書房哪成？妳需要一個書房。……一個書房給我，一個大客廳供妳練琴，兩個浴室，一個睡房。我們要找兩室一廳帶兩個浴室的公寓。在哪個地區好？……

音音吃完早飯，也不答理艾德的問話，走到鋼琴旁，開始瞎彈，邊彈邊嘲諷的怪聲怪氣地唱：艾德——音音，愛情的最高體現就是結婚和房子，香檳酒和豬蹄子……

哐！音音用雙手在鋼琴上一按，開始演奏她最拿手的無調性自由即興音樂，說：平淡的一天隨著太陽到來，對付平淡，只有混亂。

然後滿屋都是她彈出來的噪音。

艾德沒理她，走到自己的書桌前去開始看書。

吃飽喝足了，不出去排練演出，音音開始給生活找茬兒。她在鋼琴上彈奏出一連串的尖銳音響，模仿著德國現代歌劇的風格叫喊著：枷鎖使人安全，安全之外就是自由，死刑使自由增長魅力，激情使誘惑失望，婚姻使失望保險，愛情之船無槳，歡迎嘔吐暈船，拋錨上岸，投靠平庸吧。

艾德點燃煙斗假裝什麼都沒聽見。音音走到他身邊，突然衝著他耳朵大叫一聲：你高興嗎？

艾德的煙斗從嘴上掉下來：妳能讓我集中嗎？我在看書。

音音：我們在一起這麼高興，你怎麼可能精力集中？我在彈琴，你不覺得吵麼？

艾德笑：比妳說話強。

音音：那我今天就光說話了，看你到底能聽我說話多長時間！你不是要一輩子和我在一起麼？你得聽我說一輩子的話呢。

艾德：妳幹嘛要在我最放鬆舒服的時候考驗我？

他又回去抽著煙斗看書。

他是在看一本謀殺心理學的書，有時候被音音逼急了，艾德眞想把她放進小說裡，由他的小說主人公來整治她，說不定她有足夠的資格可以氣得兇手來回的謀殺她一百多次。但是在現實生活中，他太愛她了，不僅發誓這世上的女人從此不屑一顧，也發誓要和音音白頭到老。這誓言的起源就在於音音從來沒有給過他任何安全感，只是不停的在挑戰他的感情智商。儘管他倆每天會互相羨慕和鄙視無數次，但是艾德堅信自己就是太陽、光明和智慧的象徵，沒有音音這麼一個陰雲飄繞的滿月，他自己還形不成一個世界呢。

中午，兩個人出去吃三明治，坐在咖啡店裡邊吃邊聊。

音音：你將要是我終身伴侶了，中國老一輩叫親密戰友，就是最親密的佔有。

艾德看著她，等她下句。

音音：但是現在你怎麼變了？

艾德：妳又來了。

音音：聽著，戰友（佔有），我脫下你外衣的時候，你能不能多看看我，別老盯著電視？別老盯著你的書本，別老欣賞你的椅子，別老欣賞你的枱燈，你多看看我？

艾德：我現在就在看著妳呀。

音音：昨天晚上，你抱著我的時候眼睛是看著牆，你說牆上的畫掛歪了。以前你不會看到任何人任何事，以前你眼中只有我，怎麼現在你抱著我還能在考慮室內裝璜？

艾德：畫確實是歪了。

音音：咱們這麼快就成了合作夥伴了，把這件事做完，再把那件事做完，然後一塊兒吃，一塊兒看電視，一塊兒累。

艾德：多好呀！

音音：我寧可聽一些肉麻的誰都不信的酸話，讓你多抱我一會兒，讓我覺得你還像當年一樣浪漫，我就不怕結婚了。

艾德：那我眞做不到了，我們應該做更複雜的遊戲了。

音音：遊戲？那是我的特長。我只喜歡你最放鬆的時候，跟著我發昏的時候，永遠跟著我發昏吧。我不願意讓你回到你自己的世界裡去，那裡只有迷戀後的謀殺理論。比如我就希望我們還能像以前那樣什麼都不幹，在床上讓你吹捧我一天。

艾德：我隨時都在吹捧妳。走吧，我吃飽了。

音音：我還沒說完呢。

艾德：這些傻話都不應該是妳說的，妳不說話吧，回家彈琴去。妳彈琴的時候是最性感的。

音音：噢，去你媽的。

艾德湊近親親音音的臉。

音音：今天晚上，咱們早點兒睡覺，不許計畫新的謀殺情節了。

艾德：好。

音音：也不許抱著我的時候想謀殺案。

艾德：當然。

這是很平常的一天，晚飯在家裡吃羊肉火鍋喝紅酒。火鍋不用做飯技術，把足夠的生肉生菜準備好，調料備足，就坐在火鍋前邊涮邊吃，邊吃邊聊。

艾德在涮肉的時候特別仔細，他喜歡看著自己放進去的肉，生怕肉跟著開水的滾動遊走。他的眼睛盯著剛放進開水中開始翻滾的肉片，然後飛快用筷子加起來，放進自己的調料裡沾沾，很文雅的放進嘴裡，慢慢品嘗。

正沉醉於肉中，突然聽到耳邊音音的問話：你說，男人的天性就是狩獵嗎？

艾德沒有馬上回答，等嘴裡的肉全吃完咽下，才說：妳怎麼想起問這個？下面是不是要問這頭羊是不是我獵的？

音音笑：我是想起來，你曾經說，你一輩子最喜歡的遊戲就是愛情遊戲，最喜歡的就是狩獵女人和思想。但是現在我和你住在一起，發現你既不遊戲又不狩獵，全是吹牛。

艾德：這不好嗎？我全部的遊戲都在小說裡了，妳就不用擔心我變心了。

他說這話的時候眼睛是盯在一疊很紅嫩的薄肉片上，然後準確的用筷子加起三片，扔近火鍋裡，看著它們翻滾幾下，加起來，放進自己的調料碗，慢慢攪拌。然後，很小口的吃。

雖然艾德是從英國私人學校和美國哈佛大學畢業的，但自從和音音在一起，他覺得這輩子所有受的精英訓練和風度似乎都可以放棄了，唯一的痕跡就剩下了咀嚼食品時的文雅。

音音：你爲什麼停止？

艾德：我滿足了，跟妳在一起我很滿足，所以我的優點就全萎縮了。獵人不練習狩獵就不會狩獵了。

他面露狡猾地笑。

音音：眞可惜。

她邊問最浪漫的問題，邊把一大筷子的羊肉加起來放進火鍋，然後把一大筷子熟了的羊肉挾出來放進調料碗，大口吃著，又喝一大口葡萄酒。

艾德笑：妳吃起來像個男的，我等於獵到了一個男人。

音音笑：住嘴。

艾德：妳說我怎麼可能愛上別的女人？如果我最終最愛的是一個完全不當女人的女人，我怎麼可能愛上別的當女人的女人？

音音：我是不是把你毀了？你這麼個對西方古典現代文學門清的人，本來是要在花前月下與女人們頹廢成一團的人，一個被女性粉絲們包圍的小說家，讓她們讚美你的魅力、你的服飾、你的教養，你的與眾不同……

音音邊說邊做很誇張的姿勢。

艾德：全沒用上，全沒用上。不是說了麼？我一生所有的教養都沒用了，不知道爲什麼，玩兒著玩兒著，我就變成了妳的粉絲！

音音：你眞會說話，哪個男人不留戀被仰視的角度？

艾德：我很怕那些仰視的目光。

他做了一個打寒噤的姿勢。

音音：那我仰視你。

艾德：妳永遠不會，因爲妳沒有一個高攀男人的目的。很多假裝淑女的女人，是最可怕的，我喜歡像妳這麼大塊吃肉大碗喝酒的女人。

音音用勾引的口氣：除了不是女人之外，我還有什麼好處？

艾德喝下酒：我等了一輩子，就是要找一個能和我遊戲人生的人……但是……

音音等著下一句。

艾德：但是等我找到了這個人，我不會玩兒了。

音音噗嗤笑出來。

艾德有點兒醉：我傻逼了，什麼都不會了。

這句話他說的是中文。

音音湊過來親他的臉。

艾德：音音，我都不知道爲什麼我要這麼和妳死嗑到底，我知道自從我和妳在一起，我變成了那種以前我最煩的保守男人、忠誠男人、難以忍受的古典浪漫主義紳士。我變得很庸俗，我想和妳過庸俗日子，只有妳可以讓這種庸俗的日子變成另外一種庸俗的日子。

他爲了自己還能諷刺而微笑著：我成了妳的媽媽，一般來說是女人在安定之後變成媽媽，我怎麼變成了妳的媽媽？

他顯然是喝醉了，接著說：我他媽的不懂，妳這種女人比男人的獵奇心還強，妳其實可以獵奇一生。將來妳老了，可能比我還有後勁兒，妳的獵奇心像動物一樣。

音音：你這麼一提醒，我倒覺得那些拚命要孩子和家庭的女人也是另外一種獵奇。因爲孩子給她們帶來的是全新的生活體驗吧。

艾德：所以，聰明的男人就應該哄著女人生孩子？男人以爲女人沒孩子能對他的感情更專一，看來那是不可能的吧？女人可能永遠對任何事都不會滿足，這是女人的悲劇。看來男人的聰明行爲就是看書和研究……愛情經文。

他有點兒語無倫次。

音音：別忘了，獵奇和感情遊戲不是男人的專利。男人不見得永遠是遊戲的得勝者。

艾德：我不想再說這個話題了，本來這是一個非常輕鬆的晚飯。

他像一個喝醉了的男孩兒：別打掃殘局了，我們去睡房吧。

他湊過去親音音。

音音用嘴咬住艾德的嘴唇：我允許你用我的浴室。

兩個人摟抱著滾進睡房地鋪，又一同赤裸裸地滾進浴缸，然後又一同濕淋淋地從浴缸滾回地鋪，在這個溫暖的角落裡，翻天覆地，停止思想。

兩個小時後，室內一片靜寂，只剩下呼吸聲。兩個人摟抱著，呼吸交融。但是夜晚的光線揭發出在 futon 兩邊的牆上，有不同的印跡，像是牆紙開始發舊，細看，他們各自的那面牆紙的變化是完全不同的，只有空氣在輕輕揭示，當他們背對背睡覺的時候，他們的呼吸產生出來的振動頻率是多麼的不同。

一天結束了。

5

紐約，永遠的不夜城，到處是音樂會。音音收到城下一個有名小劇場的請柬，去參加一個剛來紐約的歌手演唱會。歌手是從法國來的中國女人，她的名字叫嬋。

嬋穿著大紅的，受日本和服影響的設計時裝，臉色蒼白，頭髮漆黑，嘴唇塗得血紅，站在台中央，身後只有黑暗。她幾乎不會笑，如同鬼魂一般用憂鬱的眼光冷冷地看著觀眾，發出很小的聲音，開始唱歌。那歌聲很奇怪，沒有很多的變化，如同模糊的黑白照片，勾引著人進入到一種昏然的境界，似乎是來自地獄的勾魂聲。觀眾屏住呼吸，等待著更多的音樂發生，很長時間以後，還是沒有任何更複雜的音樂出現，也沒有更多的音響變化，即便如此，人們還是在耐心地坐著，等待。她的歌聲漸漸引導著人們走向一種冷漠的境界，漸漸讓人忘了期盼，只是跟著那簡單的聲音，愣愣的坐在台下，準備接受任何結果。音樂會的時間不短，但是大家都坐著不動，好像被抽掉了魂魄。也許大家都在等一個最後的驚人高潮，也許大家只是被臺上歌手的美麗神祕感給迷住了。總之，音樂會全結束了，沒有出現過任何高點，開頭和結尾基本上沒有大的不同，中間也沒有過大的變化，嬋如同鬼魂一樣在臺上呻吟了兩個小時，幕就閉了，但是大家似乎還在等待，直到燈亮，才反應過來，音樂會完了。人們如夢初醒，非但沒覺得吃虧，還覺得大開眼界，大聲叫好鼓掌。掌聲不斷，都不知道爲什麼觀眾如此興奮，似乎掌聲就是音樂會的高潮。但是嬋再也沒走出來謝幕。

到底是法國來的，音音想。這要是我的音樂會，還不得緊著鞠躬，緊著謝觀眾？這兩個小時的音樂會，我們得想多少法子奏出來多少次高潮呀？得使多大的勁兒把紐約的觀眾引進瘋狂的境地？但是她，不動聲色，站在那裡，哼哼唧唧兩個小時，觀眾居然也沒動，沒退場的，似乎已經被她下毒麻翻了，全傻了。一場音樂會裡基本上沒有任何興奮點，還居然把觀眾全都按住了。這是一種什麼樣的氣場？是不是在空氣裡下藥了？她肯定不是北京人，北京人肯定不能在台上裝神祕兩個小時，自己還不被自己給憋死？音音一邊佩服一邊找理由挑刺。

燈亮後，嬋成了全場觀眾的一個謎。對於音音，她更是一個謎。她和艾德走向後臺時，滿腦子都是嬋的樣子和她的聲音。那是一種什麼樣的能量？能讓所有的人都直瞪瞪地等待和無緣故地沉醉？什麼樣的能量？

在後臺，他們有機會和嬋見面。她換了黑色的衣服，卸了妝的臉仍舊是蒼白的。

音音：祝賀，我們全都被妳誘惑了。

艾德：祝賀妳！我叫艾德，這是我的女朋友音音，她是鋼琴家。

嬋看著他倆，眼睛很黑，眼毛抖動了一下，然後停了幾秒說：謝謝，我知道你們。主辦的人特別告訴我你們會來。謝謝你們來，希望你們不覺得浪費了時間。

音音微笑：怎麼可能？這種誘惑，誰能抵抗？

嬋：眞的不是我的誘惑，是時間沒動。

一時，音音不知道怎麼接這句話了，有點太玄了。

艾德：總之，這是個非常神祕的夜晚。再次祝賀！音音，我們該回家了。

音音馬上說：好。

她轉向嬋：我們先走了，很多人等著和妳見面。再次祝賀妳！

嬋：希望將來聽妳的演奏。

音音：好，主辦人知道我的電話。

嬋：我聽過妳的演奏錄音，但是今天能見到妳，眞好。爲什麼妳的唱片上沒有妳的照片？

音音：我的樣子和我的音樂太不協調了。

嬋終於有了笑嘴，牙齒很小。

音音：我們保持聯繫。再見！

嬋主動過來給音音一個法國式擁抱——親吻三次，左右左。

音音和艾德走出劇場。

艾德：我的天，眞造作！我都聽不下去了，妳還挺能接話的。

音音：沒什麼，我覺得她的音樂會太好了，我完全不明白她怎麼能把我們都勾住的？

艾德：很簡單。你坐在那裡不能相信這種聲音眞的能繼續下去，但眞的就繼續下去了，還繼續了兩個小時！你就乾脆忍了。

音音：胡說，人們鼓掌聲多熱烈。

艾德：那意思是可算解放了！

他自己說完自己也笑。

音音眼睛斜著他：你也太惡毒了。

艾德：她太懂得怎麼包裝自己了，這也是一種魅力。站在那裡像個鬼，所有的細節都非常漂亮。我必須說，她出奇的漂亮。

音音：少見的有風格。

艾德：非常法國。時尚，懶洋洋的，傲慢，神祕，很法國。這是我奇怪的事情，她的法文也並不好。

音音：不像我，我眞是中國和美國的結合，每次演出都把命搭上了。但我不覺得她這僅僅是法國人的風格。她有一種磁場，不是人類的。

艾德：那就是法國人的做作，故弄玄虛。

音音：你這是偏見。我覺得她的歌聲中有種死亡的力量，好像在把人勾到深淵裡，還挺舒服。啊，結束了，覺得生活更好了。那種壓抑，也許是我們所有人都需要的。

艾德：妳眞是被她迷住了。

音音：她是我這輩子見到的最神祕的女人！儘管她身上有所有造作的表現，她說話的方式完全和我的語言審美相反，但是爲什麼這些弱點在她身上一集中就反而都成了一種風格？造作到了極致，就成了風格了，反而不是所有人都能學來的了。

艾德開始心不在焉。叫了計程車，二人上車，在車上艾德打起盹來。

到家，進了門，艾德直衝臥室，飛快脫掉衣服要睡覺。

音音跟進來，還是要說：我眞長見識，還是覺得不可思議。

艾德：妳太單純了，可能從來沒見過這種女人，我見這樣的見多了。包裝得像個娃娃，頹廢的氣息，讓人一看就想上床。其實上完床，也沒什麼可說的。

音音：你這個混蛋，她絕對不是一個普通的女人，她不簡單，非常神祕。

艾德：人要把自己搞成神祕形象，多數是因爲沒有什麼內容，除了讓你覺得她神祕，一旦揭開神祕外衣，發現眞的是什麼都沒有。所以神祕可能是最有欺騙性的。

音音：但是她的聲音，她控制聲音的能力，明明可以撩撥人心的時刻她還是那麼沉靜，她撩撥人的做法是用深沉寧靜的誘惑，而不是激昂的，能夠讓我們所有人都不覺得厭倦，這就是最大的魅力。

艾德：我不能說服妳，但是我必須說，這樣的女人在歐洲是很多的，只有在中國少見。更準確地說，在中國，可能只有在妳的朋友圈裡少見，因爲你們雖然經歷很多，但是又因爲受過的教育覺得沒有必要隱瞞什麼。

音音：我不管歐洲，我覺得我在我的一生中沒見過這種人。她身上的東西，我不知道是什麼，反正紐約人沒有，法國人有沒有我不知道。對我來說是非常有吸引力的。

艾德：妳慢慢琢磨吧，我放棄爭執。我睏死了。

他們背對背的睡了。音音看著自己這面牆的牆紙。

6

音音和艾德的愛情世界如同所有戀人，體力致幻是常事。情欲，人類最基本的腦力和體力運動的結合，兩個人在幾個小時之內盡顧著享受高潮，所有現實中經歷過的人和事都變得遙遠起來，接下來只剩下呼呼大睡的力氣，思想？感覺？時間？地點？

但現在連情欲都不能堵上艾德關於房子的話題。

剛從體力致幻裡出來，兩個人還是氣喘吁吁的，艾德已經開始問：妳到底想要多大的房子？

音音哈哈大笑：眞浪漫！

艾德：這臥室太小了，我們的嘴巴都可以貼到牆紙上了。

音音：我覺得夠了。

艾德：當然不夠，現在妳練琴的時候，我就得聽著，不能集中。我得有一個房間可以關門。

音音：成。

艾德：只有客廳沒有書房哪成？妳需要一個書房。

音音：我不看書，我就是需要一個房間練琴，一個浴室洗澡，一個睡房做愛。

艾德：妳要得倒不少。一個書房給我，一個大客廳供妳練琴，兩個浴室，一個睡房。我們要找兩室一廳帶兩個浴室的公寓。妳覺得哪個地區好？

音音已經睡著了。

艾德一個人還在想。他畢竟是個受歐洲傳統教育出來的紳士，他得負責未來家庭的一切。一個紳士的家不僅要有自己獨立的空間，也要給妻子獨立的空間。音音要是將來在客廳練琴，並不是理想的安排，音音應該有自己的琴房，這就又多了一個房間，成了三室一廳了，又貴了。再說地段是最重要的，住在東區上城太勢利眼，對於他們這種自由職業者是太大的壓力，還顯得像暴發戶；在下城的格林威治村是最理想的，但是越來越貴；中城？廠房住宅都在商業區裡，沒有很好的便利店；格拉梅西公園附近很好看，但老的住戶絕對不會移動，沒有房子；音音的朋友們更喜歡在哪個地區聚會？也許爲了將來的孩子，應該住的靠近中央公園？越往上走對音音的排練越不方便，但是萬一有了孩子會喜歡……

也許應該問一下父母，多少錢的房子最合適？如果價錢合適，他自己就可以付了底金，然後他們兩個人一起交貸款。但如果房子是在好的地區，面積大，就很貴，他儘管在小說上很成功，但用一大筆現金來買曼哈頓的房子，還是吃力，不如跟父母要？他不顧一切跑到曼哈頓和音音在一起，已經傷了想要留他在蘇格蘭的父母心，雖然最後他們能理解曼哈頓是所有年輕人的理想之地，但是他們還沒見過這個讓寶貝兒子發瘋的未來兒媳婦，在沒見過之前就出錢買房子？……所有艾德的計畫又回到了原地……

想到此，艾德睡著了。

音音在半夜被電話叫醒，是嬋打來的。

嬋：是我，我是嬋。妳睡了嗎？

音音：我又醒了，沒事，妳說。

嬋：沒什麼事，很高興認識妳。

音音：我也是。

嬋：等妳有時間，妳來我家坐。

音音：好。

嬋：我很想聽妳彈鋼琴，我聽過妳的唱片，非常特殊的音樂。

音音：好。

嬋：還想聽妳說妳的最新作品。

音音：我正想找人說，太好了。

嬋：我沒事，就是很高興認識妳。

音音：好，明天我給妳電話。

嬋：我等妳電話。

音音掛上電話，徹底醒了。她從床上爬起來，去餐桌前戴著耳機聽音樂，進入她自己的幻覺世界。艾德因爲噩夢開始驚叫，她也沒聽見。

第二章

人們的相互吸引多麼美好，你能為誰放棄誰？

1

在音音到來之前，嬋已經在自己的公寓裡準備了一上午。

她除了清理房間，保持房間中一致的簡約主義方格，還出去買了很多吃的。她打算請音音和她一起吃晚飯，直覺上認為音音會願意和她共同渡過很多時間。

她早就聽過音音的唱片，但是從沒見過音音本人。見到本人，更加確立了她對音音的看法，一個對生命揮霍無度的人。

她聽音音的音樂能夠聽出音音的內心，那音樂中充滿掏心掏肺的眞誠。但那不是嬋的風格，生活不容易，不能讓人知道自己內心眞正世界，必須過濾感情，她相信自己是一個美麗的篩檢程式。

她很小心的擺設房間，沒有絲毫的破綻可以讓人對她的環境審美質疑。她不能容忍任何人的眼光看到她的時候，透出一絲的忽視或者挑剔。她經歷過艱苦的童年生活，得到今天的一切都靠謹愼和忍受，包括感情。

感情不是空的，對於嬋來說，感情是非常充實的物質。一絲的柔情應該換來很多實際的生活質量。不見得都是金錢，但必須是有所得的。因此，她最懂得柔情的價値。友誼也是如此，有誰會白白浪費友情？她的房間中不僅有美麗的古董，還有美麗的乾燥花和石頭，這都是感情的化身，嬋是個公正的人，她不能讓音音的拜訪成爲感情浪費的記載，她知道自己會得到很多實際的收穫，她知道自己也會給予音音很多從來沒有體驗過的經驗。

她輕輕把深藍的和服式設計睡袍套在白色絲綢睡衣外，黑色的頭髮盤在腦後。小心的把大餐桌中央的一片乾燥葉子擺好。她喜歡詩意的細節。

然後她等待音音。

音音先去商店裡買了鮮花，她很興奮，覺得自己像是一個剛剛在戀愛的男孩兒。這種興奮居然超過了她和美麗的塞澳合作的興奮。她覺得自己像是一個去偷情的男子，背著在家守候的艾德，背著開始迷戀她的塞澳，去找一個不認識的女子偷情。

她從來沒有過這種興奮，想像著自己如何給出現在門口的神祕的嬋獻上紅色玫瑰花。她自己說不清這是爲什麼，可能這符合她的遊戲性格？艾德的愛情太實際了，已經進入到最正規的生活軌道裡，如何保持遊戲？塞澳是個美麗的情人候選，但是愛情不僅僅是重複的遊戲。妳能想像出所有和一個美麗男人約會的樂趣和結局，但是妳沒法想像和一個美麗女人的最初相識，會有什麼樣的結果。因爲音音從來沒有愛過一個女人，如果能愛上一個女人，或者假裝愛上一個女人，突然扮演一個騎士角色，而不是整天聽著男人的纏綿愛語，用不著男性的讚美，而是自己去讚美另外一個女人，世界突然就顯得大度起來了，女人不再是女人的情敵，而是女人讚美的對象，女人的心胸如同男人一樣寬大的去熱情讚美另外一個女人，美麗的皮膚不僅僅只屬於妳自己和妳的男性愛人，妳可以不再看著自己，欣賞自己的光彩，而是盯著另外一個女人，享受她人的魅力。如此，艾德能享受到的那種無限愛心，塞澳能享受到的那種對女性的永久醉意，就都能轉換到音音自己身上，那感情會多麼有趣！對於音音來說，被愛，是荒誕的、疲倦的、無聊的、重複的；被愛，使人失去了愛情的能力。她習慣了被深愛，被愛慕纏繞，但是她渴望自己陷入不同的感情遊戲中。

是不是這種淘氣的動機使她格外興奮？她覺得嬋明白她的意思。

她按了樓下的門鈴，門馬上開了。嬋在二樓。她跑上樓梯，希望看到嬋開門的表情。

但是門已經開了，音音的第一個期望落空了。戲的開始，不是她預料的，但是更加戲劇性。音音推開門，嬋是背對著門站著，似乎不知道音音的到來。她站立在那裡的樣子，讓音音想起《雷雨》中那種舊時女人的情調。苛刻的音音馬上開始暗笑：這戲過了。

但似乎嬋不覺得戲過，她慢慢轉過身來，看著音音，一臉如夢初醒的表情：哎呀，妳來了。

音音心想：妳給我按的開門電鈕，怎麼能不知道是我來了？

事先期待的那個手捧鮮花等妙人開門的場面落空了，她把鮮花遞給嬋：給妳的。

嬋看著鮮花沒有任何表情，像是拎一隻雞一樣把鮮花提到廚房裡去了。邊拎著花邊說：

妳看，我爲妳準備了多少音樂要聽！

音音稍覺掃興，這開始的場面似乎已經進入現實，不是她想像的。嬋的動作突然更像是一個很實在的家庭婦女，而不是一個遊戲者，也不是舞臺上的那個神祕女人。

她環顧四周，全白色的牆壁上掛著鑲有黑色木制鏡框的照片，大多都是嬋各種角度的藝術照，在照片中，嬋用時裝把自己裹得像禮品，眼神堅定，似乎是在告訴觀者，我等待著你剝去我的包裝。

但是音音腦子裡無可避免的印上了嬋第一個拎花的動作，從這個動作上她看出嬋外表之下的粗獷。儘管她自己也是個不拘小節的人，但她想像的嬋應該是裡裡外外都屬於舞臺的。否則音音追求她幹嘛？

那大餐桌上做裝飾的乾燥樹葉，是當下藝術家的審美時尚。但是它們大把大把的攤在桌子上，已經遠遠超越了時尚，而是一種宣言，生命不是嬋的所好，她愛的是死亡。音音自嘲的想，要是在我家，這堆乾燥樹葉早就被劃拉到垃圾桶裡了。

她覺得自己像是一個粗糙的男人，在品味剛遇到的一個狩獵物件。

一架大三角鋼琴擺在客廳，不同是旁邊有一個電子琴。音音坐下，這是她最有把握確認自我的方法，坐下，別說話，彈琴。輕輕的彈琴。任何長著耳朵的人馬上會靜下來聽她的琴聲，任何距離都不再是距離，尤其這聲音對於嬋來說。

嬋捧著裝鮮花的花瓶過來，把花放好。然後站在彈琴的音音對面，目不轉睛的聽著。音音很快住了手。

嬋：我知道妳能理解我，我一見到妳就確認妳是最能理解我音樂的人。

現在這個角度，她看起來出奇的美麗和眞誠。她的眼睛非常大膽的盯著音音。

音音反倒低下眼睛，然後微笑：妳的音樂使很多人陶醉，不用我理解。我現在只是仰慕而來。

嬋：我以前聽過妳的唱片，沒有人能抵過妳音樂中的瘋狂。那就是生命力的表現，沒有人能抵擋那種生命力的吸引。

音音不知道說什麼好。馬上接上去誇讚對方？聽起來就像互相拍馬屁了。但是她還是硬著頭皮說：妳看，我來了，不是因爲妳來了我的音樂會，而是因爲我去了妳的音樂會。我是妳的聽眾。

說完，音音覺得不像自己說的。

嬋：我沒有那麼多的才能，所以我必須控制自己，妳的音樂才華橫溢到處飛散，我絕對不敢那麼做。

嬋說的是雙關語。

音音也不傻：所以我的音樂永遠不可能有妳那麼多的觀眾。這就是妳的才能，妳聲色不動，我們都被捲入了。

嬋：妳是在揮霍生命，我不過是在遊戲。

音音聽到這個，正中下懷，她在尋找的正是遊戲。

音音想進一步確定：爲什麼是遊戲？

嬋：如果妳瞭解我，我的所有的舉動，所有的工作，所有的生活，所有的感情都是遊戲。我只要認眞了，災難就來了。

她眼睛裡似乎有淚水：我要極度控制自己才行。

音音：但是我聽到和看到的，是非常有秩序的經營，非常仔細的設計，樂隊的編排，舞臺氣氛的營造，燈光，妳的聲音紋絲不露的運用。妳的腦子非常清楚，弄得我們只好等待。

嬋笑：就是把你們都騙了，你們以爲我要說什麼，實際上什麼都沒說。當然我不能公開這麼說，公開說，我就不說話了，因爲我實際上就是什麼都沒說。

音音：也許我的問題就是說得太多了，想說得太多了。所以我只能用我現在的音樂形式，坐下來，昏天黑地的發洩。

嬋：妳太眞誠了。我從來沒有聽到過這麼眞誠的音樂。妳知道，如果妳不那麼眞誠，妳的音樂就能有非常強大的殺傷力，如果妳眞誠，妳的音樂就會反過來殺傷妳自己。

音音：啊，我眞沒想過。

音音從鋼琴旁邊站起來，嬋帶她過去坐在沙發上，嬋去廚房拿來很多吃喝的東西。

嬋：咱們慢慢聊吧，就我們在一起，可以痛快聊聊，我很少說話這麼直接。

太陽快落了，從玻璃窗照進來的金黃色灑了一地，音音還在琢磨殺傷力這句話。

嬋飛快地把食品擺在桌上一堆，毫不講究器皿和食物之間的關係，沒有像造作的法國餐館那樣用巨大器皿裝很小一把花生。她這種大盤大碗的作風仍舊非常的中國，很溫暖，卻和她平時的簡約唯美風格完全不同。

到底是中國長大的，音音想：她的樸素在不經意中時時暴露。

然後嬋又非常中國的直插談話主題。

嬋：法文對我來說不是語言。因爲我沒有在法國受到教育，我知道的法國僅僅是我看到的和聽到的，我會模仿，我會用法文談戀愛，但是我不會批判法國愛情歌曲的歌詞。同樣的歌詞到了中文，我就會敏感，因爲那是我自己的語言。所以我乾脆不唱中文，因爲我不想說什麼，但是如果我想說什麼，只有唱中文。可以我眞的什麼都不想說。所以現在這種很簡約的聲音和詞，什麼都不說明。

音音：所以使我們有更多的幻象和等待。

嬋：這是保護我自己最好的辦法，讓別人去幻象和等待，而我自己藏在這些包裝裡。

音音：也許妳是有道理的，我做不到，所有我想的都在音樂中赤裸裸表現了，我性格中所有的弱點都在我的音樂裡。

嬋：因爲妳禁得住傷害和失望，妳總是得到補償，或者妳有太多的強勢，不用擔心暴露吧？

音音：我沒有任何強勢，唯一的強勢可能就是我不在意。

她走到鋼琴邊上，又坐下。

屋子裡已經黑了，嬋把燈打開。燈光是淡藍的，好像一層淡藍的迷霧，音音更覺得嬋的樣子像是一種幻覺中的人物。一切好像都是夢遊一般，音音彈出幾個音，嬋打開合成器，用電子音樂的聲音奏出一些長音，這些長音和鋼琴的聲音交織在一起，嬋在舞臺上的氣氛又回到了這個房間裡。音音感覺自己的手指好像被控制住一樣在機械地運動，跟著合成器的長音奏出來回重複的單調音符，但是這些音符有種力量在把她往一種非現實的境地中領去，她似乎是被音樂拽著走向一種非常麻木和無法自拔的幻境，好像腦子的神經被某種藥物鎖在了幻覺裡，好像思維變得既麻木又敏銳，非常清楚這個聲音是在牽著自己走，但是無法停止。她不停地演奏，不停地演奏。

2

經過很多苦難的嬋，更喜歡古典音樂，而懼怕現代音樂的瘋狂。她出身於畸形的家庭，父母不僅離異，而且雙方對兒童時代的嬋都在推卸責任，嬋從小就沒得到過家庭安全感。長成一個美麗少女之後，父親就把嬋介紹給一個住在法國的老華人巨富，幸虧沒多久，老人就死了。嬋帶著老人的遺產在巴黎成了自由自在的藝術家。這是父親對她一生最大的禮物。

敏感的嬋，通過這一次婚姻，人生中最稚嫩的綠芽提早就被蹂躪乾黃了，如同枯葉，擺在她心中的大桌子上，供她自己天天觀賞。當她看著自己少女的身體和老人在一起妥協式的擺放在同一張大床上時，就開始每天告誡自己，這是她唯一活下去的出路。如果老人不死，她的內心反正已經提前先死了，無論生活是什麼前景她都無所謂了。她非常的敏感，當看到別人對自己的審視目光，她心裡被傷害得發疼。

從小，她在鏡子裡想像自己是古堡中的公主，但生活中的現實天天在告訴她，甚至沒有人真正關心她的存在。當一個老人用婚姻的方式爲她提供了物質上的所有滿足，她照著鏡子看著自己的美麗面孔默默流淚。她非常愛自己的樣子，所有的事情和她的樣子比起來都不公平。老人死後，她大喘了一口氣，但是突然發現，哪怕在她快樂大笑的時候，她的少女情結也早早就乾枯了。

她從小和父親一起時，學了一點兒音樂，在巴黎成了年輕寡婦後再次作爲年輕女性露面，她選擇做一個歌手。她選擇了用最簡單的方法來演唱，由於對音樂的敏感直覺，她能把音樂控制在既簡單又朦朧的氣氛中，而絕對不讓自己和聽眾走出朦朧來挑戰眞實。眞正的情感對她來說是什麼？她已經忘了，或者從來就沒有過。她不會爲了父母哭，也不會爲了老丈夫的去世哭，她不知道還有什麼是値得哭泣的，也許只有爲自己，爲自己從來沒有過童年和少女純眞戀情而哭。但是她不哭，也不會在音樂中哭。她創造了一種唱法，讓自己的聲音引導著聽眾進入她的朦朧世界，在這裡，你只能愛她，你失去任何判斷她的能力，失去任何清楚的美學評價，失去自我，失去對旁者的情感，你只能愛她。因爲她一步一步的用聲音向你逼進，她沒有逼你思想，而是讓她的聲音纏繞你，讓你不能忘記，不能逃避，不能分析，但是她明確告訴你的唯一事情是：死亡。

在嬋的世界，沒有愛情，只有死亡，只有對死亡的迷戀，這是她對於音音的最大魅力。死亡，和音音關心的生命樹是完全相反的。而音音之所以使嬋感興趣，正因爲音音是嬋一生見到過的最自信的生命樹。音音的音樂絕對不談死，只談生，哪怕是去死亡的世界，她也會把精靈請出來遊戲；而嬋的死亡世界，是沒有精靈的，只是一片美麗的迷霧。

這是嬋和音音共同演奏音樂時兩個人最大的享受。音音被嬋演奏出的那些固定不變的長音鎖住，被嬋手下那些毫無變化的和聲鎖住，在一條長長的迷路上演奏著，她從來沒有過這種感覺，既是被牽引又是自由的。她不用思想，只是順著一條迷路往下走，不會有任何意外出路，每個音都通向死亡。而嬋也被音音手下那些音符吸引著，雖然它們比起音音平時的演奏來已經變成了非常單調的聲音，似乎音音在夢遊，失去了平時的活力，即便如此，她手下的音樂還是生命力充沛的在一條直線上掙扎著。嬋不禁張嘴唱出來，她的聲音一出現，世界上所有的呼吸都停止了，這就是死亡的魅力。一個中國女人用法文很羞澀的唱著莫名其妙的詞，沒有什麼意義，更顯出一種生命的停止狀態。

音音的眼淚竟然出來了，沒有任何原因，手指早成了機械運動。所有她生活中的問題，她苦苦思索的所有的音樂問題，都在變成桌子上的乾草，沒了生命，只是一種輕盈的擺設，四方來的微風可以把它們吹走。此時，艾德在家裡寫書，他心中充滿深情等待著音音回家，想告訴她，他書中已經設了多少疑案；在嬋家裡，音音的手指在鋼琴上機械地運動著，跟著自己彈奏出來的音符，跟著那如同地獄裡冒出來的歌聲，音音覺得自己好像已經走在通向地獄的路上。不用謀殺的任何手段，嬋的歌聲就是一種安樂死的毒藥。

終於，不知多長時間過去了，兩個人都自動停止了音樂。

她們默默地坐在淡藍中。天已經更黑了，街上居然很吵，有警車在響，但是在她們演奏的時候，竟然什麼都沒聽見。

音音覺得像剛從一種迷幻中醒來。她看著嬋：我想起一句英文，What a way to die!

嬋沒反應。音音又用中文補充：這麼死也值了。

嬋還是沒說話。

音音：我走了。夜裡十二點了。

嬋：艾德在等你吧？

音音：是呀。

嬋：眞好，回去有人等你。

音音：也好也不好。

嬋：爲什麼？

音音：生活變得太實際了。

嬋：生活就是實際的。你和他多好，志同道合，現實中人們最羨慕的。

音音：不知道，以前也是很浪漫的，現在就是搭幫過日子了。你呢？你有男朋友麼？

嬋：還沒有固定的。我不喜歡固定的關係。

音音：我怎麼交一個固定一個？

嬋：因爲你就是生命呀。誰都會願意和你在一起，你讓別人感覺到是活著。我已經給人很明確的信號了，我不喜歡親近的關係。

音音：眞的？

嬋：一旦從來不和人親近，就習慣了不親近。

音音看著她，以她自己那生命樹理論，生命樹喜歡快樂的震顫，不喜歡親近的人簡直不可思議。不過她又飛快的推翻自己，今晚過得之奇蹟一般，是不需要任何情感和親近的，殭屍的世界也一定是非常美好的。

音音：我走了。

嬋：我去送你。

兩個人下了樓，嬋主動攙起音音的胳膊。中國女人之間都喜歡摟抱，但是作爲從來不喜歡別人親近她的嬋，挎起音音的胳膊來，讓音音有點兒不知所措。

嬋的魅力就是在距離中，音音已經決定了自己的判斷。

兩個人告別的時候，嬋突然說：你能讓艾德給我寫一個評論文章麼？

音音想都沒想，就說：好。

3

艾德：今晚你過得怎麼樣？
音音：太有意思了，我完全沒想到和這樣的歌手可以談得這麼好，我們完全是不同的人。
艾德：噢？
音音：我居然完全沒有談我自己的音樂，完全是在聽她的音樂，聽了一晚上她的音樂，把我自己的音樂都忘了！想想，我這麼個自戀的人，居然把自己的音樂都給忘了！
艾德：因爲碰上了一個比你更自戀的人！
音音：就是，你說得太對了。一個比我更自戀十倍的女人！居然讓我都變成粉絲了，太有意思了！
艾德：你們都說什麼了？
音音：說的都是她！當然她也誇我，但其實最後還是引到她那兒了。我們演奏了一晚上她的音樂。
艾德：你居然可以忍受那種音樂？

音音：居然！而且我還眞進入到那音樂裡面去了。那麼包裝的，那麼 new age 的音樂，我怎麼也沒想到，對我來說那麼造作的音樂，居然讓我完全陶醉於其中，我完全被她的氣氛包圍了，眞沒想到，如果你能看到她當時的樣子，她太美了！

艾德：這是你的同性戀幻想又發作了。

音音：眞的？

艾德：但是你不能太認眞了，這不是一個好玩兒的遊戲。

音音：你不覺得這有意思麼？兩個女人互相熱戀？

艾德：我不希望，我沒有這種怪癖，只希望和你在一起。

音音：兩個女人和你在一起呢？

艾德：我完全不感興趣！我只想和你在一起，對她完全沒有興趣，別把我引進來！

音音：其實我不是同性戀，但愛上一個女性眞是有意思，一種柏拉圖式的愛情，女人多麼美麗！

艾德：聽著，她的音樂沒有那麼出奇，你自己的音樂更加出奇！

音音：我不覺得。我做不到她那麼控制，這種控制有種死亡一樣的魅力，完全被死亡氣氛包圍的藝術，徹底和人性隔絕，在勾引的同時把你帶進絕望和無望。

艾德：讓你這麼一說，比聽那個音樂倒更有意思了。你形容得太好了。

音音：這就是我的體驗，我的確在今天體驗到這些了。

艾德：嗯，那我也可以再聽一下。

音音：對了，她臨走的時候讓我告訴你，她想讓你給她寫文章。

艾德：我？我又不是寫音樂評論的。

音音：但是你有名，你的名氣可以使她的音樂成爲藝術。

艾德：我都沒有給你寫過任何評論！再說，我不是音樂評論家，我只能寫用音樂謀殺的故事，她的音樂倒最合適做謀殺工具。

音音大笑。

艾德：我不寫。

音音：求你了，她剛到紐約，需要幫忙。

艾德：我不感興趣。

音音：聽我說完還不感興趣？

艾德：不，那是非常包裝的音樂，當然叫你一解釋，意思出來了，實際上那種音樂是非常商業的。

音音：不對，冷漠是非常難得的風格。

艾德：但那是抄襲的，我聽過很多這樣的東西，我最受不了她用法文唱歌，非常做作。

音音：這就是你對中國人的偏見，她爲什麼不能用法文？

艾德：她爲什麼不能用中文？她是中國來的。

音音：她不用中文是因爲她覺得中文對於她來說太有生命力了，而法文對於她來說沒有任何意義。你看這理由多好！

艾德：嗯，如果這樣說，聽著倒還有意思，但我不是評論家。
音音：得了，就算朋友幫忙。再說，如果我整天和她在一起，你不吃醋嗎？
艾德：我爲什麼要吃醋呢？

4

音音這幾天腦子裡一直轉著一句從 hip-hop 光碟中聽來的詞：聽著，該著我發瘋，因爲天下大亂了……

對嬋的讚美成了她生活中的亮點，但是和塞澳在一起排練使她再次體驗被愛的新意。人們的相互吸引多麼美好，你能爲誰放棄誰？

塞澳是神性的兒子，音音說的所有關於生命樹的話都馬上能變成他的美麗舞蹈動作，音音邊即興演奏鋼琴，邊朗誦主題，但每次她只需說出半句話，塞澳的舞蹈就出來了，還能馬上接下去說出她想要說的。

音音：我們再回到震顫的主題。

塞澳邊伸展著軀體，邊說：我們再回到對撫摸饑渴的主題。

音音：外部的撫摸和內部的震顫說的不是一回事。

塞澳：怎麼不是一回事？震顫就是對內臟的撫摸，對心的撫摸。

音音：怎麼用舞蹈表現晦氣？如果一個人的內心如同一團團的爛草翻滾。

塞澳邊舞蹈邊說：我是個嚴重的內傷者，凝固的血痂下是膿腫和枯萎。

音音邊演奏邊說：歲月倒塌歪斜，疼痛扭歪了脖子和肩膀。

塞澳繼續：我渴望智慧之窗，渴望新的生命。

音音停止說話，非常流暢的演奏起來，塞澳的動作也加快了，隨著音音的手指在琴上發瘋，音樂失控的能量爆發出來，手指代替了語言，飛快的動作超過了思緒，塞澳的舞蹈跟著音樂的瘋狂而變化。

突然，音樂停下來，無聲，但是塞澳沒停止，他用舞蹈延伸了音樂，排練廳裡只有他的舞步聲，和他由於動作帶起來的衣服窸窣聲。

音音開始用語言當伴奏：當聲音穿越身體，如走迷宮；當呼吸穿越地獄，魂魄驚醒。搖動生命樹，走進不可預知的幻境。

無聲。

塞澳的舞蹈動作漸漸收住。

他接著即興朗誦：不可預知，在身體裡上天入地，隨著生命樹的變化，快感不可預知。

音音腦子裡突然響起嬋的音樂，她的神色開始暗淡：所以也不可預知絕望和死亡。

塞澳停止舞蹈，走到音音面前，摸著她的頭：今天的主題怎麼這麼悲觀？生命樹這個主題應該是一個非常迷醉的主題，我想到的都是興奮的變化。

音音：但是我怎麼止不住要想到爛草？

塞澳：你可能就是太累了，你要不要把你的頭枕在我的手上？

他的手很大，手指很長，手背和手心是不同的顏色，在棕色的手背和手心之間有一條顏色界線。

音音故意放鬆氣氛：我想上廁所。

塞澳開玩笑：噢，要不然我用手接著你的尿？

音音笑起來。

塞澳：這就對了，我就是想看到你笑。你多美，爲什麼那麼悲觀？

音音：我不知道。沒有音樂可以表達所有我想的，音樂是太無力了。

塞澳：回去，讓艾德把熱水給你準備好，去泡個澡。

音音又笑了：你太可人兒了。

臨走，塞澳突然抱著音音親了她的嘴唇。

5

在家裡，心裡想著塞澳，音音坐在鋼琴前無聊地扒拉著琴鍵。艾德走過來，和她坐在一張琴凳上，和她親暱。

音音突然很感動：我們爲什麼不能經常這樣？最近我們都成了老夫老妻了。

艾德：我對你的愛情有多少你永遠不能知道。

音音：我要是不知道，那還有什麼意義？我寧可天天聽些撩撥我的情話。

艾德：天呀，多麼低級趣味！一個關係是要不斷變化的，得有更多的新意。

音音：我要從前我們那種關係，我們在任何地方都做愛。

艾德：我們老不斷重複以前的甜言蜜語和動作，你不覺得無聊嗎？關係也是生命，必須從中長出來新的生命。

音音：但是生命樹是要動的。

艾德：我說的不是生命樹。

艾德從親暱的情緒裡出來了，他走回到自己的書桌前。

他的書桌上擺著很多小件的中國古代青銅器，拿了一件精美的青銅器，過來給音音看。

艾德：你看，這件東西有生命麼？

音音：當然有，在形狀上。

她接過來，用手攥著：古董是有能量的。

艾德：這是在你的生命樹之外的生命。沒有生命的存在，對我來說更是生命。沉靜不動的也是生命，而是更複雜的生命體現。人有太多的複雜性，反而會變得近乎沒有生命了，相反更多的生命是隱藏在無生命之中。這是爲什麼我喜歡觀察這些看起來沒有生命的東西。哪怕不是古董，也是有生命的，你可以給它一個新的生命故事。比如，一枝新的鋼筆，如何製作，就是生命。不見得只有花草有生命。

音音：你在諷刺我？

艾德：我是在和你聊聊我。我本來不是一個迷戀生命的人，我是一個迷戀無生命的人。但是我迷戀你。我爲什麼這麼迷戀你，我都不知道。

音音笑：那你多說說你愛我，少說說青銅器。

艾德笑：你就是青銅器呀，在你不說話的時候，在你不出聲音的時候，你看起來很深刻。誰能想到你其實就是一座火山呀！？

音音：生命就是要爆發的，你不讓我在這裡爆發，我就到別處去爆發了。

艾德：在別處爆發你不覺得無聊嗎？

音音開始故意說：只要能爆發，痛快了就行。

艾德：天呀，千萬別說這種庸俗的話，這不應該是你說出來的，這是另外一種人用的語言。

他似乎眞的有點兒失望了。

音音：那我不說話了。

音音覺得本來要開始的親暱，怎麼一下就扯到了語言審美上了？她的情愛欲望剛剛被挑起來，又被這話題給凍住了。於是她開始在琴上彈出一段很性感的爵士音樂來，想用聲音把剛才性感的氣氛給拉回來。

但是艾德沒什麼反映，似乎還在失望，音音的火山就開始爆發了。她飛快的用手指彈出躁動不安的音符，這是欲望，沒有欲望沒有爆發就沒有生命。音音的音樂能量永遠是騷動的，她永遠在渴望火山爆發式的愛情。如果艾德再不反映，她的腦子就會回到塞澳那裡去。生命得隨時爆發，像活躍的火山，大爆不成，就得不斷的小爆。

艾德還是坐在音音的琴凳上，聽著音音發瘋，盯著自己迷戀的青銅器。青銅器在他眼前出現了更長的歷史，更多的人性，更多的故事，和音音此刻正在演奏的音樂完全是對立的。音音的音樂中充滿了對肉體對情欲追求的動盪磁場，不容許任何隱藏著的質疑。音樂在如今的世界上已經更多的變成了人性外在化表現的工具，而艾德更想和她分享的是沉寂物質中的誘惑力。

艾德站起來，走到自己的書桌前坐下，看著周圍的小擺設，聽著音音充滿火氣的演奏。

他腦子裡開始給自己最近的故事接著構思。

爲什麼要謀殺？

因爲語言。

如果愚蠢的女人們纏綿於情話，就讓她們死於情話吧。

他開始在眼前的三十多枝最愛的鋼筆中挑出一枝來，那枝鋼筆是一枝古董筆，短粗，樣子很像某種男性生殖器。打開筆帽，取出一張白紙，在上面亂畫：

氰化物－墨水，鋼筆－情書，幸福中毒，快樂謀殺？

音音的音樂突然停止了，屋子裡一片寂靜。一旦寂靜下來，音音就似乎不存在了，當她不存在，她的存在在艾德的心中變成一片神聖。

艾德從謀殺構思中出來，開始在紙上描繪音音：她的誘惑力是眼睛看不到的，是連她自己也不明白的，那些人性中的所有弱點，不是一個人而是幾個人在一個生命中不斷爭執。一個多面的人性，一座火山被封在生命的侷限中。

寫到這兒，艾德抬眼看著在鋼琴邊上靜坐的音音，音音可能正在冥想自己的《生命樹》，她每一秒鐘都在感受生命的變化。艾德暗自嘲笑自己對音音的描寫，決定語言在他倆之間是無力的，馬上想去和音音親暱。音音在他的生命中本身就是棵生命樹，否則他生命中所有的磁場都是沉靜的。去探索音音如同去探索一座隨時待發的火山，但現在他有很大的顧慮。

他能覺出音音最近的感情很不穩定，這使他不願意去表現過份的熱情，但是這種猶豫正是把音音從自己身邊推走的原因。他們雙方都知道老情人之間所有的親暱動作都已經重複了太多次，已經沒有更多的刺激了。艾德希望在情欲之外找到新的精神刺激來連接他們的關係，但是似乎音音追求的就是爆發。

於是艾德非常小心地走近音音，他怕把冥想中的音音給嚇著，然後他倆又得就冥想是否應該被打斷的討論而爭吵起來。輕輕地走過去，讓她不覺得他是帶著濁氣來搗亂的，而是帶著愛情輕輕坐在她身邊，用安靜的迷戀來吸引她的注意力。

他很輕地和音音坐在同一個琴凳上，不看她，只是坐著，等待她的光顧。

音音慢慢吐了口長氣，向艾德轉過身，把頭靠在他肩上，艾德開始親吻音音。這是最要當心的瞬間，鬧不好兩個人都失望。艾德很怕音音馬上熱情得如同美國西部牛仔片裡的女主角一樣開始撕扯他的衣服，他希望先沉入到長時間的靜吻裡，如同慢慢墜入深湖。

音音果真非常配合，隨著他的動作起伏，在他懷裡的這座火山突然變成了弱水，這就是他愛的音音。他很小心的撫摸著她，感受著她漸漸脹起的興奮，他自己也開始膨脹了，西部牛仔式的粗暴馬上就要到來了，這時艾德忘記了所有的審美趣味，他在變成自己在書裡想謀殺的那種人，熱情、忘我、沒有語言、沒有歷史，憑著熱浪般的波動和熾熱，忘乎所以，讓自己進入到火山中心，和火山一同爆發，跟著岩漿一同熔化。

6

艾德睡得很死，早晨醒來，還在情欲中，又湊過去親吻音音。音音迷迷糊糊的嘶起嘴親了他一下，說：你給嬋打個電話吧，她想請你幫個忙。

說完，翻身又睡著了。

艾德很不平衡：昨天那麼好，今天怎麼心裡還想著別人？

但是突然，他決定接受這個音音的遊戲，讓音音看看，他是艾德。

第三章

由於某種誠實使我們很快忘掉了眞的騙局……

1

艾德基本上是帶著惡感奉音音之命來拜訪嬋的。他很怕聽嬋說話，對於他來說，那口氣異常做作。在那次音樂會的後臺，他已經領教了嬋說法文，她每說一句臉上還帶著附加的表情。所以自從那次音樂會後，他對嬋就沒有好印象。但是他答應了音音，來幫助嬋，爲了表示對音音的瘋狂迷戀，來忍受嬋沒有智商快感的談話，當然也表現了他對音音的獻身。可是音音不會看到這個，她的盲點是，以爲所有她能忍受的，艾德也都能和應該忍受。音音把自己看得很簡單，對任何新人新事如同孩子一樣幼稚，完全沒有自我觀察。

所以在臨走時，艾德還得跟音音強調：我是爲了你去的，爲了你的無聊怪癖，不是爲你，我不會去。

音音以爲艾德在表忠心：好好好，謝謝了。

但自從走進嬋的客廳，艾德開始逐漸推翻自己的斷論，在這裡，四周環繞的，都是他也會喜歡的物件。

一個巨大的青銅時代的鼎放在嬋客廳的一角，艾德奇怪怎麼音音完全沒有提起過這個鼎的事。這個鼎不是一般私人收藏家收得起的，能收到這個鼎就是故事，再加上鼎本身的故事，再加上鼎和主人的故事……艾德的腦袋都快埋在鼎裡了。

嬋：這是我丈夫留下的。他一生收了很多的東西，我在法國的家裡還有很多奇怪的東西，帶不來的。

艾德：太有意思了。你怎麼把它帶來的？爲什麼？

嬋：我覺得它能保護我，就像是我丈夫的魂在裡面一樣。所以托博物館的人幫著帶來的。

艾德：這是有道理的，你是可以把他的魂靈帶來的。

嬋：我和音音在一起沒有談到這些，好像她不喜歡物品。

艾德：音音對物品很敏感，她害怕舊的東西。

嬋：呵，我就喜歡舊的東西，它們給我更多的故事。

艾德：完全同意！舊東西是故事，是人，是歷史和人性。

嬋：是死亡在繼續生存。

艾德沒接話。他心裡開始差異他對嬋的判斷如此之錯。

仔細看著鼎，他說：你應該說服一下音音，說服她喜歡舊東西。

嬋笑：這是你的事情。我不是活在今天，她是活在今天的。

艾德心裡暗自爲這對話叫好，但馬上覺得自己似乎已經在背叛音音了，忙爲音音辯護：音音是生命。

嬋詭秘的一笑：我們都同意這點。

這個「我們」已經把她自己和艾德放在一個陣線上了。

艾德：好吧，音音逼著我來看你，說是你需要我寫文章。你來談談吧。我不是幹這個專業的，看看我能理解你的音樂多少吧。

嬋走到合成器前。所有的音樂伴奏都是事先在合成器裡編配好的，她在設計房間的時候已經把隨時可以展示音樂的可能性算進去了。她打開合成器，按了一個電鈕，伴奏的聲音就響起來。再按一個電鈕，麥克風就開始擴大音響。她走到麥克風前小聲地唱起來，和在舞臺上一樣。只不過她穿的是用很多層棉紗編起來的白色袍子，剛才艾德淨顧著看鼎了，沒仔細看嬋的衣服，現在看著她，她眞像從埃及古墓裡剛走出來的。

艾德開始進入到一種非現實的境地。一具能唱歌的美麗殭屍，在引誘你進入她的墓地。

這是一種什麼音樂？艾德既然要寫，得明白自己面對的是什麼？是什麼？這個白花花的女人，蒼白的面孔，音樂似乎在動，似乎又是靜止的，聲音很小，如果沒有麥克風誰都聽不見，和聲沒有很多的變化，但是有些細小的製作出來的聲音在飄動，一片黑白的色調出現在眼前，模糊不清，沒有侵犯性，沒有斷言，沒有掙扎，沒有欲望，無法判斷，但是沉浸在裡面，艾德說不出話來。看著前面的那一片白色，這件衣服是精美的製作，這種超薄白紗布一層層縫起來，要多少手工。不能乾洗也不能濕洗，只能穿一次。

音樂停止了。艾德還沒緩過來。

嬋走過來，把他的手打開，在他的手心裡放了一團細沙：別把沙子扔了，攥著，聽我的音樂。

她又開始演唱另外一首曲子。仍舊是一片模糊的聲音，她的聲音和一些飄渺的微弱電子樂聲混在一起，飄來忽去，沒有很多的變化，好像在這個音樂的世界，呼吸都是停止的。

艾德還眞的不敢把沙子給扔了。雖然對於他的審美來說，這是世界上最造作藝術的其中一種。手心出汗，沙子沾在手上，很不舒服，但是他不敢扔，也沒地方扔，似乎扔了很沒教養似的。心裡想：我怎麼居然失去判斷力了？

音樂停了。嬋走過來：現在把沙子給我。

艾德張開手，手心裡的沙子大部分都已經被汗粘在手心上，很難看，倒在嬋的手心裡一部分，自己的手心上還粘著大部份，沙子的顏色已經由於汗濕變深了，得撮才下來。這樣的姿勢和狀態使他馬上處於尷尬，一個白色的女神或者女鬼在向你要白沙子，你的沙子卻都黏在你手心裡變黃了！

但是，智慧到哪裡去了？

嬋：這是從法國帶過來的一盒沙子，過海關的時候差點要了我的超重費。對不起，你去洗手間洗手吧。

艾德趕緊去洗手間洗了手。回來，覺得尷尬，要是所有抓沙子的人都象他似的，那一盒法國來的沙子沒幾天不就都粘在手心上得被水沖走嗎？

身邊的茶几上已經放了一盞玻璃器皿，裡面放著血紅的櫻桃。

嬋摘了一粒櫻桃放在嘴裡：請吃吧。

她的白色衣服和紅色櫻桃很搭配。

嬋：我小的時候，最喜歡吃櫻桃，讓我想到母親的乳頭。

說這話的時候，她腦子裡出現的是自己嬰兒時代抱著的奶嘴，想到媽媽從她一生下就跟著別的男人走了。

聽到這句話，艾德不知道該怎麼接，想問，你媽媽的乳頭是這個樣子？但馬上覺得這種問話很無禮，只能點頭吃櫻桃。心下暗想音音在這裡的時候是否也吃過櫻桃？

嬋：我的音樂不是動態的，你不要專是聽，你要看。看我的音樂。比如我這個人站在這裡，我的服裝，我的燈光，給你的氣氛就是死亡。

艾德：為什麼是死亡？

嬋：我迷戀死亡，不迷戀情感。我看到的所有的東西都是死的。

艾德：愛情呢？

嬋：只有死亡的愛情才是美的。活躍的愛情是一種煩躁。

艾德：那你如何解釋迷戀？

嬋：迷戀？我只迷戀死亡，只有死亡是最平衡和豐富的。所以我要控制自己所有的衝動。

艾德：為什麼？

嬋：因為我小時候受到過很多的傷害。比如，你看，你怎麼想我的胸？它們是不是太平了？

艾德：？

嬋把衣服上部一直扒開露出胸罩，紗布領口馬上因爲撕扯開始變形了。

艾德趕緊說：很好，你很好，是我們歐洲人最喜歡的那類小胸。不用看了，我能想像得到。看你把衣服給撕壞了。

嬋：對不起，我覺得和你可以無話不談。我這件衣服反正只能穿一天，別看它這麼漂亮，一洗就不是這樣了，像我一樣。我作爲女人完全沒有自信。

艾德：你太應該自信了，你太完美了。是很多男人見到你會不自信。

嬋：眞的嗎？我馬上去巡演，我想請你一起去。行嗎？音音會同意嗎？

艾德：我想沒有問題吧。幫你的忙嘛。

其實艾德不知道音音會怎麼想。

告別的時候，嬋的嘴唇突然似乎很不經意地在艾德的嘴唇上輕輕劃過。

2

艾德在回家的路上，還不能從嬋的氣氛裡出來，他覺得自己好像是被嬋的一種很輕鬆的巫術給痲住了。

艾德，你被這個女人把你的磁場給攪亂了。這不是你追求的磁場，但是這種磁場你從來沒有感受過，所以你現在糊塗了。他指責著自己。

然後心裡翻江倒海一片雜想：如何寫這個女人和她的音樂？我沒有清楚的概念。由於她的出現，所有一切我的準則都突然變得渾濁不清，沒有界限，失去判斷力，她看起來純潔，但是有魔鬼般的魅力，所有的排場中似乎都有一種黑暗的力量在支持。她是那麼安靜，外表沒有任何侵犯性，但是她使我第一次失去了對音音的判斷力。和她一比，音音顯得有些粗糙和太本能了，即使是那些音音的複雜性格和精彩思想，都突然顯得如同淳樸的平川，沒有任何精彩的怪癖在其中了。

怪癖如同是迷戀的精彩部分，看嬋的衣服！那只能穿一天的多層紗布製作的長袍，是她熱愛時尚的標誌，時尚的女人，對所有男人都是一種誘惑。她那麼安靜，每句話都如同炸彈在轟炸我已經奠立的美學，沒有她的魅力證實，她代表的一切原本對於我來說都是裝腔作勢。

她就是裝腔作勢！什麼沉默的死亡？死亡當然就是沉默的！她是一個完美的幻象，包裝好的所謂藝術品，沒有任何感性。所有她的姿勢，語言，自憐，都是包裝過的！

她眞的那麼平衡嗎？眞是我想要在書裡描寫的那種死亡般的雕塑麼？那種充滿死亡的誘惑力，正是所有謀殺者追求的。黑暗的平衡。

只有死亡，是謀殺者最高雅的人生觀。只有死亡，可以蔑視所有的感情。嬋眞的會蔑視一切嗎？

看來，去眞正瞭解她是一種危險的遊戲，有可能在這個遊戲裡，艾德會失去他最迷戀的音音。這是他最不願意面對的危險。

怎麼去和音音說今天的遭遇？艾德覺得智商不夠了。

3

就在艾德被嬋迷住的同時，音音正在下城的大廠房排練廳裡和塞澳排練《生命樹》。自從上次塞澳吻過音音之後，他們的排練更加順利了，似乎音音說的所有話，塞澳都能馬上用舞蹈表示出來。唯一讓音音擔心的的是，塞澳的身體太有魅力了，她很怕排練成了另外一個關係的開始。

這次排練有了音響設備，音音在準備演奏前先試用麥克風：塞澳塞澳，你聽得見麼？今天我有一些新的詞。

塞澳：把麥克風的聲音再弄大些，我希望在各個角落都能聽到你的呼吸。

音音邊演奏鋼琴邊對著麥克風朗誦：憂鬱……枯萎……讓音樂進入身體……生命的樹葉飄舞……

突然她停止了：我怎麼覺得這些詞這麼傻呀，狗屁不通似的。

塞澳也停止舞蹈：不要說憂鬱，聽起來太造作，太酸了。所有的表演都是關於生命舞動，每一句音樂，和每一個舞蹈動作，都象風吹樹枝一樣順暢。

音音：說實在的，我覺得語言非常無力，我們乾脆就直接用音樂和舞蹈來表現吧。你的舞蹈已經非常啓發我了。

塞澳：無論你的任何音樂，我都知道怎麼表現。你的音樂和我的呼吸，靈感迸飛。

音音：身體就是一個大酒桶，把塞子拔開就透氣了。中國古代道士練習靈魂出竅，我到現在還不明白怎麼能出竅。但是我每次演奏時都好像能體驗到一種靈肉分家的感覺，這可能就是我最眞實的生命吧？

塞澳：我知道最好的靈魂出竅的方法就是做愛。

音音：當然當然。……但是我發現完全沒有必要用朗誦了，我想把所有的詞都取消了，所有以前我們念過的詞都不要了，就是音樂和舞蹈。

她說完就開始彈琴。

兩個人都沒再說話。一個拚命彈琴，一個拚命跳舞。

4

艾德在音音回來之前，一直在想怎麼和音音說自己要和嬋去巡演的事。他甚至寫下了一串理由，好讓音音不覺得他只是在追求新異：

爲了寫評論文章，去全方位瞭解時尚；

嬋這種對時尚的一絲不苟，是爲了給人一種對她的幻象，這種人是典型的末代產物；

嬋知道怎麼選擇那些人們以爲是美的東西，人們認爲的眞善美，幾乎就是那些所有被包裝好的眞善美，甚至包括包裝死亡；

這個女人擅長包裝誘惑人的騙局，不動聲色，沒有任何感性，冷酷和美麗的面對活人的世界；

音樂不是要做評判，而是產生誘惑力的形式，對很多人來說就是一種直接的勾引；

黑暗中的平衡，誘惑中的平衡，唯一誠實的就是音符；

由於某種誠實使我們很快忘掉了眞的騙局，原諒了騙局；

當一種聲音捲入某人的生活，可以徹底破壞掉那個人的所有思維規律，音樂可以是一種侵犯，非常美麗的侵犯；

一個人要有多大的意志來保持魅力的騙局，全方位的不動聲色，只有冷酷。

但是當音音一回到家，艾德一看見音音，就忘了那些已經寫好的美麗理論，也不知道怎麼撒謊和找理由了，只是先問：你今天過得怎麼樣？

音音：好極了。我和塞澳的排練非常好，不用我多說，他知道所有我想要做的事情。他就是棵生命樹！

艾德趕緊說：我也過得很好。你的朋友嬋果眞是個有意思的人，你的眼光不錯。

音音：你對她是什麼印象？

艾德：她太美了。但是我覺得她肯定是受過傷害的人，她非常自我控制，能感到她的內心是撕裂的，那種控制有一種驚心動魄的誘惑力，正好是我想寫的一種被謀殺的物件，被傷害後的美，和死亡。

音音：聽起來你已經比我還瞭解她了？

艾德：絕對沒有，但是我正在用我小說中的人物概念套她，可能是不準確的，我正在找這樣一種人物的形象。看上去似乎非常美好，性格如同和諧的音樂，典型美麗的面孔，沒有任何特殊表情和性格變化，語言乏味，只是等待著被佔有。當人如同佔有物品一樣佔有了她，悲劇就隨之而來。

音音：聽起來也太陰暗了，你沒心理問題吧？

艾德：這是我新小說裡的人物，我在構思女主角的特徵。我在尋找一個由於內心和精神上被撕裂而變得非常動人的女人形象。她的動人之處正是啓發我小說中那個謀殺者狂想的原因，因爲這個謀殺者是個瘋子，他希望女人永遠如同新買的物體一樣完整，一旦發現女人內心的裂痕，就如同放棄物品一樣要毀滅那個女人，這個瘋子認爲人格的破碎不是人性中創作力的體現，而是造物的殘缺……

音音：我希望你不是那個謀殺者，也希望嬋不是那個被謀殺的物件，她音樂中那種死亡的感覺正是靈魂早就被撕裂的原因。

艾德：這正是她音樂的誘惑力，也是她人生觀的神祕所在。她在音樂上是不會欺騙的。

音音：別的我就不瞭解了。

艾德：我如果幫助她寫評論，會很快瞭解她。

音音：你們應該多見面。

艾德：呵，她邀請我去她的巡演，你說我去不去？

音音：什麼？去跟她巡演？……有點兒過了。你眞要去嗎？

艾德：我想去，我很好奇。但如果你不同意，我就不去。

音音：我怎麼可能不讓你去？你以爲我要當一個老婆的角色來阻止你的行爲？我不會阻止你的，再說，我很忙。

艾德：謝謝，親愛的！那我就告訴她你同意了。

音音：嘿，別拿我當藉口，就說你自己決定的好不好？

艾德：不，我要說是你同意的，我要讓她感覺到我的生命是由你主宰的。

音音：有必要麼？連我都不會信。

當晚，兩個人都非常熱情的做愛，只不過，一個心裡想的是嬋，一個心裡想的是塞澳。

5

第二天，嬋就來電話，找的是音音。

嬋：音音，謝謝你介紹我認識艾德，他人眞好，你們眞匹配。

音音：呵呵。

嬋：我請艾德跟我去巡演，其實我也想請你去，但是我知道你在排練新的專案。你眞有創作力，總是在做新的。我這些老的音樂一遍遍演，但是沒辦法，我就有這一點兒能幹的事。你要是不介意，我就請艾德一起去，這樣他可以瞭解整個演出的過程。

音音：當然。我不介意。

嬋：謝謝你啦。我今天去買一些東西，你要不要一起去？

音音：我一般不喜歡逛街，但是如果你需要，我可以陪你，今天我不排練。

嬋：好，你先來找我，咱們一會兒見。

嬋喜歡到曼哈頓上城那些名牌小店裡挑衣飾，這些地方是音音從來都不去的。基本上，音音在這種地方覺得自己是個外人。她習慣了下城格林威治村裡的嬉皮生活情趣，那和上城的主流名牌店儼然是兩個世界。

兩個人邊逛邊聊，嬋的購物方式顯然和音音有著巨大差異。嬋總是對最時尚、最名牌、最貴的東西感興趣，她必須要讓自己在任何地方都顯示出豪華美麗、一絲不苟的時尚、對名牌的認知、對昂貴物的趣味，她坦白地跟音音說爲了一件名牌襯衣的減價她能等幾個月，買到後能興奮幾個星期。

音音：好幾個月腦子裡想著一件衣服，多難受呀。

嬋：這就是購物的樂趣呀。錢怎麼花得值，是非常有樂趣的事。你不覺得麼？

音音：我不知道什麼叫値不値。反正我喜歡逛的都是下城那些小店，年輕設計師的、嬉皮士的、龐克的、怪癖的、頹廢的、埃及印度摩洛哥的、五花八門，你應該去看看。尤其是那些年輕設計師的衣服，那些解構剪裁，奇怪的料子，穿在身上跟從精神病院裡逃出來似的，特好玩兒，也不貴。

嬋拿起一件寬大華麗的外套：看，這是今年春天最時尚的，可是我在中城的減價店可以花十分之一的價錢買。

音音：那你來這兒逛幹嗎？

嬋：來看看行情呀。從價錢到時尚，我都心裡有數。

音音：噢。

音音心不在焉地看著那些鑲了鍍金扣子的晚禮服。

嬋：你不喜歡逛這些店嗎？

音音：不是因爲你，我根本想不到進這裡來。以前我上學的時候，在我的朋友圈子裡，是比著看誰穿得破，寧可把名牌送人，換件有風格的破衣服穿著。其實風格不用花好多錢。

嬋：是嗎？你眞自信。我沒有這種自信，不穿名牌我覺得自己沒穿衣服。你知道，我剛出國的時候，是在華人圈子裡，海外華人圈子的話題淨是名牌。我如果不穿最時髦的衣服，我先生會覺得丟他的人。所以我習慣了也學會了這些品牌。再說名牌設計師已經把風格替你想好了，不是更好麼？

音音：我從來沒有過這種生活習慣。如果可能的話，我覺得不穿衣服最好。所以我喜歡衣服樣式簡單。

音音看了看自己穿的中東風格設計的細棉布男式襯衣，笑說：比如，我喜歡穿男式襯衣，可能是因爲我的審美簡單吧。

嬋笑：你簡單？你彈出來的音樂那麼複雜。

音音：頭腦複雜，行爲簡單的人。

嬋：只能說明你幸運。你瘦高，穿什麼都好看，對你自己的音樂那麼有把握，又有艾德這種人這麼愛你。我沒有你幸運，我不是學音樂的，我的音樂都是我請人寫的。

音音：眞的？誰寫的？這麼適合你。

嬋：她叫黛安，是我的一個老朋友。將來我介紹她認識你，她就住在曼哈頓，只不過常常回法國去。

音音：她一定是對你很瞭解，否則不會寫出這麼個人化的音樂來。

嬋：咳，讓我一唱，就個人化了。不過我要說的不是這個，我想跟你解釋的是我爲什麼非常在乎這些衣服。你要是知道了我的經歷，就會發現眞的像書裡寫的一樣。拿我的婚姻來說，你不能想像我能嫁給一個比我大那麼多的人，我嫁給我先生時候他已經就是個老頭了，可我那時是個小姑娘。當時因爲我想出國，希望生活好一些。

嬋邊說邊拿下一件鑲著銀色狐皮的黑色長禮服在身上比。

音音：能理解。但是這塊狐皮把你顯得太表面化了。

嬋把禮服放回去接著說：你想想，我從小沒有母愛，很少的父愛，婚姻又沒什麼感情，結婚以後唯一有的就是錢，讓我爸爸很高興，他想要什麼我都能給他買。所以我看見你和艾德的關係，很羨慕你。人間的愛意本來就是很少的，你一個人能得到那麼多，就是最幸運的了。

音音遞給嬋一件鑲著黑色軟皮的禮服：試試這件。但是周圍有太多的愛也是很不幸的。想想賈寶玉，被愛的都暈頭了。周圍有太多的愛呀愛呀，愛人或被人愛，就分不清什麼是愛了，滿眼睛到處是愛。愛人和被愛都是挺累的事，尤其是被愛，很沉重。

嬋：你在感情上太奢侈了，我是個不需要愛情的人。

音音：爲什麼？

嬋：愛是要受傷的，太傷心了。

音音：那性呢？

嬋：把自己封凍了，絕對不需要溫暖。

嬋拿起一件跟帳篷一樣大大支撐著的銀色晚禮服：我喜歡這件。你看怎麼樣？

她在自己身上比劃著。

音音：把你誇張了三倍，在臺上肯定特別鮮明。非常有效果。

嬋：我去試試。

女銷售員馬上走過來：小姐，你喜歡這件？穿在你身上如同月亮走下來了。太神祕了。你要不要試一試別的顏色？

嬋：還有什麼顏色？

女銷售員：還有金銅色，黑色，和多層透明黑色蕾絲的。這四件都屬於博物館收藏級的衣服。永遠不會過時的。

嬋：都拿來。

她沖著音音笑：比如這樣的風格，你們下城不會有的。

音音也笑：當然有，戲劇服裝舊貨店！

嬋消失在試衣間裡。

銷售小姐先抱來了那件多層透明黑色蕾絲做的帳篷型晚禮服，像是抱著一隻巨大的蒼蠅。

6

在艾德跟著嬋去巡演的前一晚上，他一邊忙著收拾行李，一邊很想對音音表示得更溫存一些，但音音沒怎麼接他的茬兒。於是艾德很早就去睡了，音音自己坐在客廳裡聽音樂，一直到早晨。不知爲什麼，她不想碰艾德。早晨，艾德起床，音音才去睡。兩個人親了一下，算是吻別。然後，音音昏昏睡去，不知道艾德是什麼時候走的。

第四章

我們活著，我們需要愛，我們需要另外一個身體的溫暖……

1

塞澳屬於那種無須在生活中有任何顧慮的男人。他完全可以在照鏡子的時候得意洋洋：什麼叫完美的男人？我。

他喜歡自己租用排練室獨自練習舞蹈，在排練室的大鏡子前琢磨每一個動作。在舞蹈時，他的肌肉精美得形成了不同的小塊狀，在舞臺燈光下，閃耀著金銅色，每一縷肌肉都象徵著準確和優美的素質。他的體型適合穿任何衣服，既不瘦弱，也沒有渾身隆起的大塊肌肉鼓包。他屬於那種出現在任何場合都會引人注目的男人。

他的舞姿剛中有柔，散發著強烈的雄性氣息。從這些姿態能看出他爲人的敏感，對男人女人都富於同情心，相信生命和愛情，對男人沒有競爭欲，對女人沒有歧視。由於沒有偏見，他的舞姿糅合了世界上的各種風格流派，很難下定義說他是在跳哪一類舞蹈。但是觀者心裡都明白，沒有這麼好的肌肉條件，這麼好的力度柔度的結合，這麼美的身材，絕對沒法勝任這種舞蹈。塞澳自稱他的舞蹈就叫「塞澳的舞蹈」。他知道自己的生命充滿優勢，也不會浪費這些優勢，女人們永遠是他的生命之水，男人們永遠是他的永恆朋友。他的身體就是他自己的圖書館、他的畢業證書、他的家族背景、他的財富、他的推薦信、他的社會保險、他的一切的一切，他的存在意義。因此，養生術是神賜給他的最大恩惠，他這個巴西和愛爾蘭人的混血，精通中國道家的房中術，有時間去印度修養瑜伽，最享受的是不同女人的懷抱，品聞她們的芳香肉體。身體呀身體，人類歡樂的最高聖殿，多少寶藏也不配交換自己身體上任何一塊美麗的線條，所有的財富都只能爲這美麗的身體服務，這個美麗的男性身體屬於所有美麗的女人，而沒有女人是不美麗的。當女人們的靈魂充滿愛意，她們光豔無比，但當她們的靈魂充滿歸屬和佔有欲，她們變得面目猙獰。因此，千萬不要激發女性想被束縛的願望，那是她們美麗靈魂中最愚蠢和邪惡的一面；又因此，他，塞澳，在這個世界的任務，就是激發女性的想像力和自愛，讓她們有機會品嘗自由的愛情果實，只活在美好的樂園，而避免任何人性佔有欲的衝突。

這個遊戲規則一直保持著塞澳這個天生情人的金牌地位，如同唐璜，任何想佔有他愛情的女人，只能使自己陷入不堪。他永遠讓自己投入到新的浪漫中，生活方式瀟灑自如無遮擋。

但是自從遇到音音，他感到一種從未有過的愛情困惑，這個女人使他難以忘懷，每一次的相處，都讓他的浪漫情懷又巨大了好幾分，以至難以自控。從來沒有過這樣的境遇，他自己開始單相思，音音的若即若離尤其使他著迷。追求女人對於男人來說，有無限的快感，如同在從林中追趕麋鹿，麋鹿奔跑的速度越是加快，獵人越是享受在馬上飛奔競速的瘋狂。但是這個獵獲情感的局面，轉折得有些離譜，塞澳一直把自己放在追求者的通常位置上，完全無視音音和艾德的關係，他不屬於規範，他不要音音屬於他，只要和音音交換愛情，照他的倫理觀念，這和艾德沒有關係。但是突然，音音開始迷戀嬋，這乾脆使音音的性別臨時轉位了。追求了半天，可能音音在這個生命的階段，乾脆就不喜歡男的？

塞澳的魅力還在於，他不是一個較眞兒的情人。愛情既然不是束縛，就可以有任何的形式。愛上了一個情竇初開的雙性戀，塞澳決定不打擾音音對於同性的初戀情節，而只享受音音對異姓的成熟情感。在這個時候，要得到音音多邊戀的愛情一角，最好是先當她的朋友。

2

艾德跟著嬋去巡迴演出了。音音有整天的時間可以胡思亂想，胡思亂想的副產品就是找人聊天，音音沒有想到塞澳這個剛認識的合作夥伴已經成了她每天不可缺少的知音。塞澳什麼話題都能接受，對男對女都沒偏見。除了一起排練，他倆還每天通電話，沒有任何男女之間的緊張感，如同兄妹或同性朋友。通常這種通話是在兩個人睡覺前，各自舒服的躺在自己家裡的床上，床頭放著葡萄酒，抿著酒，脖子上夾著電話聽筒。

塞澳：你此時此刻在幹什麼？

音音：還是在想我們的《生命樹》項目。

塞澳：想到什麼了？

音音：其實沒什麼直接的關係。我就是在想做音樂這件事，需要很多的時間，看上去都是白搭功夫，一個人坐在那兒，幾小時幾小時的就是琢磨幾個音。做音樂是靠時間生搭進去才有結果的，和禪坐一樣，多一分鐘想，音樂就會更好一點兒，但是別人也聽不出來。

塞澳：嗯，舞蹈也是一樣，動作上差多少只有內行明白。

音音：這是不是和我們說的生命樹也是一樣的？每個人的生命樹是在不同的振動頻率上，所以每個人的要求是不一樣的。

塞澳：是呀。所以有共同磁場的人，是很難得的朋友。比如，我碰到你，是我的幸運。又比如，我知道目前我們要的是一樣的。

音音笑：別吹牛了！和我要的一樣的人可不多，等你瞭解我更多，你就知道我要的和你要的可能完全是不一樣的。

塞澳笑：沒關係，我不追求很遠的事，我只追求眼前。眼前我很舒服，躺在床上，聽著你的聲音，想，你現在長得是什麼樣？

音音：你是在調情吧？想變話題？那你先告訴我你現在是什麼樣兒？

塞澳：我？完全裸體，躺在被子下面。你呢？穿的是什麼？絲綢睡衣？還是什麼都不穿？

音音：我不和你調情，我可是一個快要結婚的人。

塞澳：誰在乎這個？所有的人都訂婚或者結婚了。重要的是你的一生都應該好好享受你的女性。

音音：但我可能是同性戀呢。

塞澳：你確定麼？

音音：我很懷疑，雖然我從來沒有和女人睡過，但是我遇到的那個叫嬋的歌手，是我遇到的最神祕的女人。我覺得自己愛上她了，如同一個初戀的小男孩兒，我喜歡和她做那些很幼稚的小感情遊戲，喜歡送給她鮮花，說些調情的話，或者對她的所有的缺點都不計較，甚至對於她那種音樂，都根本不挑剔。現在她把艾德給勾走了。

塞澳：和你的未婚夫走了？可見她不是同性戀！

音音：她是什麼其實也不重要，我就是想明白自己，或者想明白愛情的各種可能性。我怎麼可能被一個女人迷惑到這個地步？是僅僅因爲她和我太不一樣了麼？如果不是迷戀，我一般不會在意一個她這樣的歌手，如果苛求的說，她可能是一種故作神祕的人，也沒有什麼很高的音樂教養。但是她那麼美麗，那麼造作得紋絲不露，裝腔作勢到了極致，反而使我讚歎，因爲一個活人很難做到完美的造作。她如同一個從墳墓裡走出來的，最美麗的女鬼。

塞澳儘量把話題往自己想說的方向拉：也可能是你倆太不一樣了，有時候你好像不太瞭解你自己，從我的眼光看，你是我見到的最可愛的女人，美麗性感，和智慧。

音音：謝謝。

塞澳：不客氣。

音音：你還是別打斷我吧。對於你們這些非東方人來說，把我和眾多的曼哈頓女人混談，我當然毫不謙虛的屬於美麗性感異國情調之類。但你不知道，對於很多東方男人或者迷戀東方女人的男人來說，嬋比我要性感得多。因爲她的性感是那種非常含蓄的、隱秘的、默默的、但帶有最大侵略性的，直接索取的是你的命。我其實很蠢，否則不會爲了這種完全講不通的迷戀而魂不守舍。我迷戀著一個完全和我不一樣的女人，她所有的一切，都是我一生不可能做到的。她眼神誠懇，卻滿載祕密。我的直覺告訴我她說的所有話都不是眞的，但是我的心允許我相信她說的所有話。我知道她爲什麼要帶艾德走，但是我願意描繪她的清白。我有一個一心一意愛著我的男人，我卻在迷戀一個要利用我男人的女歌手；我每天在鋼琴上創作著不同的音樂，卻迷戀著一個一生只是反復在表演幾首不停重複的樂句的女人。由於迷戀她而輕視我自己所有的一切，甚至由她來調度我的生活前景，如果她是死亡，我就是在走向死亡……你睡著了？

塞澳：你不過是在經歷一種柏拉圖式的愛情遊戲，可能不過就是種誇張的友誼而已。對不起，聽起來就像少女式的情感遊戲，沒有威脅，沒有實質，不過是供你發揮愛情想像力的幻覺。別擔心，你不會眞愛上她的。我敢保證，如果有一天你更接近了她，你會逃跑。

音音：爲什麼？

塞澳：因爲你需要的是生命，死亡不是生命。你不要以爲你愛上一具殭屍，殭屍會給你所有你要的幸福。你想像的殭屍戀是殭屍會給你另外一種生命刺激，實際上，殭屍沒有生命可給予，你感到的所有刺激都是靠你自己看著殭屍想像出來的。

音音：哈哈，你太苛刻了。是不是我的生命力太強了，以爲都可以把殭屍給啓動了？

塞澳：其實很簡單，你想知道你是怎麼了嗎？

音音：快告訴我！

塞澳：你就是和艾德過膩了。

音音：我愛艾德。但是我們之間眞的是沒有那麼熱情了，過得太實際了。

塞澳：所有的關係時間長了都會厭倦。所以你得自己讓你自己放鬆。

音音：怎麼放鬆？

塞澳：你記得在《生命樹》中我們說到性吧？

音音：對，生命樹是直通性快感的軌道。

塞澳：人生中最高的境界是什麼？

音音：無人之境？

塞澳：所謂的無人之境，除了坐禪，隱居，上高山，還有一個最高的——

音音：？

塞澳：就是性快感。

音音：哈哈……你這叫三句話不離本行！

塞澳：我不是開玩笑。很多人是把無人之境變成有人之境了。男歡女愛的時候，一達到無人之境，之後馬上就是具體的關係相處問題，這不就是有人之境了？兩個人一起上高山，下了山后就該各走各的路。這是瞬間的合作關係，操作得好就合作得好。

音音：那你怎麼選擇合作夥伴？

塞澳：我只是感覺當時的磁場。好的合作能讓兩個人老是呆在無人之境裡，你即便走出來，腦袋還是在無人之境裡。古代很多神仙般的人，一心追求的就是入境，別管通過什麼手段，如果磁場對路，我們就一起享受高潮，如同飛翔。

音音：愛情和浪漫呢？

塞澳：和一個迷戀你的人或者你迷戀的人來操作高潮，就是浪漫。那整個過程，就是最美的愛情。

音音：讓你一說問題似乎很簡單，就是身體。

塞澳：別忘了，《生命樹》是你的專案呀！

電話裡傳出嘟嘟聲。

音音：等等，可能是艾德的電話。你先掛上吧，我再給你打回去。

她按下電話，接聽另外一個：哈囉？

是一個女人的聲音：嘿，音音，是我，瑪麗。

音音：瑪麗？你好久沒出現了！你在幹什麼？

瑪麗：我是來紐約辦畫展的。你在幹什麼？

音音：我正在電話上和一個舞蹈家聊天，我們在一起做一個項目。

瑪麗：舞蹈家？男的？女的？好看嗎？

音音：是男的，非常好看。但是和我沒關係！我和艾德快結婚了。

瑪麗：艾德他怎麼樣？

音音：他和另外一個女人一起出去巡演了。

瑪麗：他又不是演員？

音音：他跟著她去的。

瑪麗：誰？

音音：一個唱歌的，他去幫助寫評論。

瑪麗：聽起來有點兒亂七八糟的。不管他了，咱們一起出去散心吧？開心一晚上，叫上你的新男朋友。我不管你們是什麼關係，我也不管艾德。你出來和我去開心，你得放鬆！

音音：好！

瑪麗：明天我來找你。再見！

掛上這個電話，音音再給塞澳打過去，塞澳的電話已經開始占線了。音音想他可能和另外一個女人去討論合作高潮的事了，就在他的留言機上說：塞澳，明天我和一個南非來的老朋友一起出去玩兒，她也邀請了你。你把明天晚飯空出來就行。明兒見！

3

瑪麗等不到晚飯時間，下午就到了音音家。她是個絕頂漂亮的南非英國人，繪畫是職業，尋歡作樂是擅長。

瑪麗：有什麼新聞嗎？快說說！很長時間沒來紐約了，還是那麼令人興奮的地方！你和艾德是怎麼回事？上次我們見面的時候你們倆剛戀愛，我還沒忘記他那時候的樣子！那麼漂亮，典型的混血，長著一對中國人的細長眼睛，我們都羨慕你倆怎麼碰到一起了，現在怎麼樣了？

音音：不知道，不想說，還是說你今晚的作樂計畫吧。

瑪麗：咱們先去吃飯，找個有音樂的地方，邊聽邊吃。然後去跳舞，然後回來，我有最好的大麻，抽抽喝喝聊聊，只是放鬆，可以叫上你的新寶貝兒。

音音：別瞎說，他不是我的新寶貝兒，是紐約所有女人的新寶貝兒，如果你要，也可以是你的。

她撥動電話：塞澳，瑪麗已經到了，我們七點在咱們常去的那個西村爵士音樂飯館門口等你。

然後兩個人在一下午把女人之間能聊到的都聊了，包括塞澳的合作與操作理論。

瑪麗：他眞是這麼說的？合作？操作？太機智了！酷！我喜歡這個男人。

音音：眞的？

瑪麗：我最受不了一個男人整天跟我說什麼做愛做愛，就是合作操作，做愛太誇張了。

音音：艾德是絕對要做愛的，沒有愛光操作，即使在我倆之間他也受不了。

瑪麗：他太浪漫了，可是這讓他不放鬆。永遠尋找完美，沒有完美，永遠失望。我這個普通人，就是喜歡你這個新朋友，浪漫的操作靈魂出竅技術以達到無人之境。

音音：你太酷了，我可能做不到。

瑪麗：你會的，都是腦子裡的事。

說著，已經到了晚飯時間，兩個人匆匆趕到西村的爵士音樂飯館，塞澳已經到了。他的好處是從來不端著，不遲到，不在乎等人。因爲在等人的期間，已經有陌生女子給他留下新的電話號碼。

塞澳在飯館門口站著，顯得格外出眾。他看見穿著黑色男式繡花襯衣和黑色牛仔褲、頭髮修得短短的音音和穿著暗紅摩洛哥絲麻連衣長裙的瑪麗向他走來，興奮得迎過去：嘿！

瑪麗：他果眞是太漂亮了，你在哪兒找到的？爲什麼漂亮男人總是在你身邊？

音音笑：可能是因爲我不漂亮吧？

塞澳：呵，兩位多麼漂亮的女人！

他親了她們的手，如同優雅的法國紳士，然後深情地看著音音：你今天更美了。

音音自嘲地一笑：做爲一個男人還是女人？

飯館在地下，爵士音樂沙龍式環境。瑪麗已經定了餐桌，三個人坐下，紅色的燭光照著年輕人興奮的臉，他們爲了今晚互相的存在而發電，舉杯。

瑪麗：祝賀你們的合作成功！

塞澳：祝賀我身邊的兩位絕頂漂亮的女人！

音音：祝賀我們的友誼！

瑪麗：塞澳，我認識音音很長時間了，她是我認識的最有才能的音樂家。

塞澳：我知道，我爲了她能請我合作很榮幸。

音音：是我的幸運，沒有任何人比你更合適了，你使我的想法有了新的生命。

塞澳：是你，使我的生活有了新的生命。

一句話說得音音不知如何對答。

瑪麗看著兩個人笑。

音樂響起。

音音：呵，是Be-Bop。

瑪麗笑：對不起，當然不適合今天的氣氛，可我不是一定演出的。

爲了不影響音樂，很長時間大家都只能是吃和聽。飯後，大家分別付帳，出了飯館，叫上計程車，去下城一個舞廳。

舞廳裡有拉丁樂隊的現場演出。來跳舞的人年齡不等，不像一般舞廳那樣都是年輕人。三個人馬上躍進舞池，加入到狂舞人群。

隨著瘋狂的節奏，塞澳漸漸湊近了音音，兩個人開始靠緊，幾乎快要接吻的時候，瑪麗湊過來，摟著他們兩個人，於是三個人跳做一團。塞澳親了瑪麗後又親音音，然後三個人互相親吻。快速的音樂，狂舞的人群，誰都不在意誰，無論如何，此刻發生的所有事情，都只是活著的體現。我們活著，我們需要愛，我們需要另外一個身體的溫暖，我們不需要太在意愛情的意義。

那些不斷變化但速度不減的節奏，在告訴人群：愛情沒有意義，愛情只使我們繼續感覺生命價值，僅此而已。迷戀，使我們不斷追求和更新刺激，丟掉舊的記憶。此時此刻，我被美麗的人摟著，我感受美麗人的身體熱量，我不用幻想未來，不用追求固定的生活關係，不用計算愛情結果，我只要追求那充滿情欲的無人之境。

你的手在我的臉和脖子上移動，你的輕柔嘴唇濕潤著我的皮膚，我愛你，是因爲此刻我愛現在的我，我愛能夠享受到你的溫情的我，所以我愛你。因爲你，我感受我的肌膚價值，因爲你，讓我看到我可以給你帶來的迷醉，你的美麗的面孔，由於我的肌膚而迷醉，這就是今晚我生命的價值。我活著，你活著，我們的血液在同樣的震動頻率中加快運動，我們的唾液在今晚是香泉，只有肌膚感受存在的無人之境。

三個美麗的人抱在一起，舞動。

4

午夜，三個人從舞廳走出來。回哪兒？塞澳建議回到他家裡。最合適不過，兩個女的馬上都同意了。

塞澳的房間裡幾乎什麼都沒有。一張床，白色床單和被褥，地上鋪著巨大的橙紅色波斯毯。

塞澳：歡迎來到我的天堂，請坐。

他指著地上的波斯毯：這是我全部財產裡最貴的。沒有沙發。

瑪麗和音音環顧四周：你的東西呢？

塞澳：所有的東西都收在櫃子裡。我不需要任何東西，在床上睡覺，在地毯上練瑜伽，在廚房裡吃素食。

三個人脫了鞋，直接倒在地毯上。塞澳拿來酒。瑪麗掏出大麻。

瑪麗：這是很新鮮的，一流健康。

塞澳很自然的躺在了音音身邊。

瑪麗開始捲煙，然後抽了一口遞給音音，音音抽了遞給塞澳，三個人一輪輪轉著抽。塞澳向音音吐出煙霧，音音張開嘴直接吸進他吐出來的煙霧。三個人輕鬆得無話。

瑪麗：我得去打個電話，我約了一個人，夜裡三點見他。

音音：叫他來接你。

瑪麗：對，叫他來接我。

瑪麗站起來去打電話。

塞澳沖著音音：你試過更重的嗎？

他指的是用藥。

音音：試過。對我來說，什麼都沒什麼，我早晨起來呼吸第一口氣時已經糊塗了，生下來就沒明白過。

塞澳：我喜歡看見你糊塗點兒。

瑪麗走過來：好，我馬上就走了，你們倆可以接著抽。我見到這個特別英俊的土耳其人，他在紐約開會，一直到晚上都有事，我倆約好了這個時候見。

音音：我最喜歡中東人。

瑪麗：中東的男人對女人非常好。天呀，他們太浪漫了。

塞澳：等你嫁給他後再判斷吧。

瑪麗：我反正誰都不會嫁，不能想像我得和一個人過一輩子。

音音：其實我願意和一個人能過一輩子，如果這個人能一輩子保持浪漫。

塞澳：你知道那叫什麼嗎？等於叫一個男人永遠是硬的，一直硬幾十年，那是不可能的。男人也需要刺激，但是老是和一個女人過，時間長了，就是家裡人了，你和家裡人能浪漫得起來嗎？

音音：那對於男人來說是不是也很糟？

塞澳：其實男人也喜歡家，放鬆，不用掙扎表現，不用像我現在這樣，在你面前表現出我最好的一面。我想放屁，但是得忍著。

瑪麗哈哈大笑。

音音：你不用在我面前憋著，我又不和你結婚。要放屁你就去廁所吧。

塞澳：正因爲你不和我結婚，我才要裝呀。你要是想和我結婚，我肯定馬上讓你看到我所有醜惡的嘴臉，把你嚇跑。

音音：你嚇跑我是很容易的，你這麼漂亮已經嚇著我了。

塞澳的門鈴在響，塞澳按下話筒：哪位？

樓下的人說：接瑪麗的。

瑪麗跳起來：我走了，這些草都給你們留下了。音音，我再給你電話！好好玩兒！

她很興奮地跑了。

音音覺得有些昏：我也得走了。

塞澳又回來躺在她身邊：你緊張了？現在就剩咱倆了，又不是在排練。

音音：我不緊張，就是很放鬆，很長時間沒這麼放鬆了，所以頭有點兒暈。

塞澳：那你就放鬆。我守著你，要喝水我給你倒。

音音閉上眼睛，覺得昏昏欲睡。

塞澳把胳膊伸過來：躺在我胳膊上舒服點兒，沒關係，我不會和你操作的。

音音閉著眼睛笑出來，把頭枕在塞澳的胳膊上，突然，睏意襲來，她馬上睡著了。塞澳看著她，一動沒動。

5

這是個漫長的夜晚，塞澳看著音音睡過去，怕吵醒她，居然一動不動，然後他自己也睡著了，下意識地，他的胳膊一直沒挪，直到早晨。

兩個人同時睜開眼，音音沒有任何吃驚的神色：早晨好。

倒是塞澳吃驚了：早晨好？難道咱們眞的什麼都沒幹？

兩個人大笑。

塞澳：我的胳膊！我差點把它忘了！

他挪動胳膊：已經完全僵死了！哎喲！

他活動著胳膊：糟糕，現在我們才像是結了婚的夫婦，什麼都不幹，但是互相很熟悉。

我們還沒開始浪漫，就已經結束了，都怪那該死的大麻！

音音：是呀，怎麼我睜開眼睛看到你也不覺得奇怪呀？

突然，他們抱在一起，如同兩座火山銜接了起來。

6

這是音音在回家的路上聽到的心聲：

unpredictable，不可預知，這不是你最喜歡的境界麼？但現在發展成了可知的結果，你該怎麼辦？

音音馬上回答了自己的內心：

這有什麼了不起的？我還沒結婚呢。別把要追求的想法和事情都先弄清楚，那就把不可預知的興奮感先給排除了。無人境界必須是不可預知的，它也並不等於永遠是最高境界。

然後音音馬上反問內心：

但是，我和塞澳想追求的只是共同操作去達到的所謂無人境界呀，怎麼塞澳那麼深深的進入到我的感覺裡？我能感覺到，我也同樣很深的進入到他的感覺裡，我們是在做愛，而不是在操作。即便是塞澳，也不能達到他自己希望的那個自我。

這個意外而不偶然的外遇，本來不應該是這樣，本來應該只是一場遊戲，最多是一場操作，但是怎麼一下子兩個人成了做愛，什麼無人境界？每一秒鐘都感覺到對方的存在，感受著對方的一舉一動，爲了給對方最大的滿足，盡著最大的力量來感受對方。好像一時間，我們交換了自我，自然就知道對方在想什麼需要什麼。只有最互相愛戀的情人才能達到這種境界，但是我怎麼可能愛上塞澳？這怎麼可能是愛情？但不是愛情怎麼能有這麼浪漫的做愛而不是操作？是大麻的緣故吧？是我太想要浪漫了吧？是塞澳太有女人經驗了吧？是我太成熟了吧？是我太熟悉艾德而對塞澳更好奇吧？

內心沒有答案。

音音才想起來自從艾德走後，他還沒來過電話呢。

第五章
你最好別爲了愛情的失落大喊大叫，因爲這種叫聲已經太多太長了，成了陳詞濫調。

1

對於音音來說，解決困惑的最好方法，就是彈鋼琴。

坐在鋼琴前，把兩隻手放在琴鍵上，看看手指去哪裡，出來的聲音或許是心裡想說的，或許就是欲望和現實扭曲的體現。

那些諧和的音律也許能帶人重新回到愛情的興奮裡，似乎歌頌著生命之美，但是聽多了，會讓人想到被抹蓋了的眞實；聽多了，就能聽出來在諧和聲音之下那些壓抑過度而格外扭曲的心跳。

音音小的時候最恨彈鋼琴，因爲坐在它面前，馬上標誌著進入各種準則。它的準則都是鋼琴教科書給安排的，基本上就是用手指完成一場多項奧林匹克訓練。玩兒不好，在鋼琴老師面前，你就是殘廢。她那時一直很害怕演奏古典樂曲，這些樂曲似乎就象徵著生活的約束和社會的教義。孩子們初學演奏的時候，為了那些協和的分解和絃，手指得敏捷的避開「錯音」，「錯音」就是規則中的錯誤，要當心下手的位置，準確的習慣指法。孩子們為了在鋼琴演奏中表現出自己對古典音樂的修養，要不停地練習，好適應那些古典作曲家們規定的手指行為路線，那些指法就像是生活中要熟悉的必經之路，只有反復不停地讓手指在一個樂句上跑來跑去，手指才能漸漸變成最合格的鋼琴社會公民。鋼琴是手指的跑步機或競賽場，手指最終會適應各種規格的大跳，越野，游泳，射擊，快而準確，最終能勝任宣布音樂最權威的美學定義。這些權威的美學定義也被人們引用來變成了生活準則。每天起來，你可以感到所有規定俗成的生活準則就如同是永遠練不完的練習曲，排著隊等你去熟悉。因為這漫長的練習音樂和體驗音樂的經歷，音音厭倦透了所有的諧和準則——人生中或是鋼琴上的。

諧和音階在鋼琴上的組成，和生活中一樣不直接，比如說，如果把在生活中說的「我－愛－你」，和鋼琴上的一個三和弦做比較，那這三和弦就是由三個有間隔的音組成的。如果說，我是C，愛是E，你是G，一個所謂最諧和的主流大和絃，但這簡單的組合實際上得隔過去多少可能搗亂的「錯音」。在我＝C和愛＝E之間，有#C、D、#D隔著，在愛＝E和你＝G之間，有F、#F隔著。把這個美麗和絃的組合位置轉譯成文字，就是我（）（）（）愛（）（）你。在這些（）裡能填寫多少別的故事呀！

突然有天她坐在鋼琴旁，找到了她自己用演奏鋼琴來自我治療疲倦和厭倦的方法，後來這就成了她的特殊演奏風格，也是她生活中不可缺少的鎮靜劑，和心理的按摩器。她每天必須用聲音給自己的腦子做按摩，並且發現她自己腦神經在需要放鬆的時候聽到的都不是諧和聲音，而是一堆互無關聯的不諧和聲音，她的手指最自然觸摸到的鍵盤連接起來的路線都是不諧和音程。漸漸地，她給自己建立了完全違背法則的演奏風格，也等於用聲音給她自己設立了一個無法無天的世界。所有的（）都被塡滿了，所有的「錯音」都被轉換成主音。當聲音們成了主人，音音本人也就變成了一堆聲音中的一個。她不再調動手指，而是手指在調動她。無法預知的音樂引導著她建立了自己的聽眾群，引導著她遇到艾德，引導著艾德瘋狂的愛上了她，又引導著她不斷迷戀著任何使她感覺新奇的戀情，不斷幻想新的迷戀，不斷變換迷戀的角色，迷戀的角度，她是音樂中的唐璜，溫柔、細膩、浪漫、冷酷、理性、奢華、暴力，都在她的音樂中瘋狂的自由來往著，她能讓所有不諧和的聲音變得人性和動聽。

當年艾德瘋狂迷戀音音的時候，曾說過在她的演奏中有種殺人的能量。音音有時候爲了自己能當上一名幻覺殺手很是得意——拿噪音當武器，殺死保守的人類思維細胞，讓人類規範的內分泌系統受到音樂的刺激而變得活躍和紊亂，讓智慧由此誕生。但現在她才開始明白，她的音樂遠遠不是謀殺，而是自殺用的。倒是那些諧和安靜的美麗聲音，極有可能是眞的謀殺武器。

2

塞澳在自己的房間裡呆不住了，必須去個酒吧裡坐會兒，想想自己該怎麼辦。

他常去的一個酒吧，是在一座古老建築的底層，酒吧裡昏暗舒適，燭光微閃，所有二十世紀三十年代遺留下來的傢俱都謎樣的藏在黑暗中。看不見舊地毯和舊沙發上到底有多少陳年污垢，到底有多少蜘蛛昆蟲趴在厚重的桌布上、燭光照不到的地方和人分享著塵埃。叫上一份萊姆酒，和一盤新鮮檸檬片，把檸檬汁擠進酒裡，再打開包砂糖摻進酒，攪攪，大喝上一口，酸甜苦一飲而盡，配著酒吧裡播放的新型南非爵士音樂，深深吸進陳舊傢俱的氣味，吐出口單身男人的自由長氣。

剛剛發生的「一夜情」讓塞澳很不舒服，他不舒服不是因爲後悔，而是因爲覺得自己眞愛上音音了。

憑著塞澳的經驗，這可能是一種很不愜意的愛情，他本來是絕對不會讓自己對音音這樣的人產生眞愛情的。音音屬於女人中的情感重量級，不在於她是否要承諾，而是她在爆發愛情的同時從來不會放棄苛求。她似乎要把自己永遠放在來去自由的狀態，這種遊戲狀態連花花公子也很難承受，因爲所有被勾引者所引起的癡情悲劇正是花花公子們的追求享受之一，牽著對方的情感走是追求者控制欲的滿足，但當他遇到了一個和他幾乎同樣的人在遊戲，那就好像是在和自己遊戲一樣。塞澳本來是認爲一生也不會碰到這樣的對手，沒想到不僅碰到了，還發生了爆炸性的關係。被音音吸引是容易的，和音音遊戲是生活中的火花，不僅生理上享受，還有智力上的快感。其實通過排練，塞澳已經開始越來越離不開每天和音音的對話，他一生最得意的就是保險的愛情遊戲，但音音的出現使他突然感到這個女人將是他生命中的重要一幕。同時，這可能就是最具有毀滅性的愛情，首先，音音不可能屬於他，再者，音音就算是可能屬於他，他也不能和不願意承擔這麼重的感情方式。

生命本來是多麼美好輕鬆的事情，永遠陷入新迷戀，永遠追求一時快樂，永遠可以擁有不同的幸福瞬間，稍一失望就很快放棄，不停追尋，不停失望，再不停擁有，每一天都是重新再生的時刻。

而音音這種女人的出現，將會是對他愛情遊戲的詛咒。他知道，如果自己認眞下去，先失望的是音音，而自己可能反而會依賴這個難得的伴侶。因爲一切都那麼難以置信，不僅在工作上一拍即合，在感情上也毫無障礙，加之，兩個人的生理親密過程沒有任何的隔閡，彷彿是天上掉下來個夏娃，但過後細想，是原子彈。

不行，塞澳不能一輩子騎在原子彈上過日子，這種過日子的方法讓受過太多教育的艾德去享受吧，那傢伙讀了一輩子書，最後選擇專門研究美麗的自殺和謀殺，那就讓他們倆去用愛情互相殘殺吧。

塞澳又要了一份萊姆酒。接著思索：我不能加入到艾德的隊伍裡去。首先，性愛是供享受的，不能給我的自由生活只找一條河流，如果我愛上音音，我就肯定把自己淹死在這條愛河裡了；我也不能把自己關在愛情的毒氣室裡，如果我愛上音音，我就等於給自己腦袋上插了一個瓦斯管道。因爲我太愛她了！當然，我不知道這種愛情能延長多久，至少，這不是那種能淡淡品味過後就能微笑遺忘的戀情，這簡直是一種生命的打擊！

萊姆酒加上酒吧裡的音樂更加誇張了欲望的醉意，塞澳發愁得要崩潰了，爲愛而心碎，絕對不是他的風格。他都不願意管癡迷叫愛情，因爲他否定愛情，而只讚賞迷戀；迷戀應該是對生命的讚美，而不是自殺性的。

聽著耳邊那半冷不熱玩弄智商的新酷爵士樂，他心裡擋不住的暗暗叫苦：噢，音音，音音，你自己不知道你是誰，你不僅僅是個女人，你是麻醉劑。只有我能感到你的磁場，它把我帶到另外的一個境界，在那個境界裡，我能永遠感到刺激和安全，只要在你眼睛深情顧及到的地方，只要通過你手的觸摸，我的靈魂將通過愛你和你的愛得到昇華。但是，這是多麼危險的誘惑力，如同最純的海洛因，因爲你不是我的，你其實也不可能完全是艾德的，你的愛情，甚至你這個人，都不可能永遠眞實的存在於任何人的生活裡。我知道你，我覺得似乎過去幾輩子都認識過你，你是我的姐妹，我的愛人，我身體的另外一半，我的陽性磁場只有和你的陰性磁場結合，才能讓我感到完整的存在。但是我必須逃跑。

塞澳喝完半瓶萊姆酒後，就有了決定，先離開紐約。

3

音音沒開燈，在房子裡點了七個白色蠟燭，躺在地上，看著窗外的曼哈頓天空。塞澳走了，艾德失蹤了，她從來沒這麼失落過。

所有物質生活都不重要，除了音樂，她追求的就是虛無的愛情。她不需要任何愛情後的實際利益，不覺得愛情是通往安全婚姻的渠道，更不指望通過愛的物件得到任何實際的幫助。愛情對於她來說，就是生活中的麻藥，迷戀一個人，或幾個人，用沉醉的迷戀之情來抵消對人生規則的厭惡。她永遠不願意停止愛情，以爲在自己的人生中永遠也不會有愛情空缺的片刻。但突然，她把自己置於了孤獨，一腔愛情沒地方發洩了，不僅最愛的人音訊全無，連剛開始的一個浪漫之夜都能乍然終止，她自己收斂還有情可原，怎麼連塞澳這種風流公子都能被她嚇跑了？和塞澳的浪漫關係不過是剛剛開始，她也並沒有眞正想長期展開，但在情欲燃燒最厲害時，雙方都突然打住，像急刹車一樣，身心失控。塞澳的突然離別，似乎暴露了他在愛情遊戲上的軟弱和追求眞實的一面，塞澳並不像他自己形容的那樣無情無義。但是，音音對塞澳的感情並不是纏綿，而更多的是感動。在自己感情上最困惑的時候，在艾德可能移情的時候，音音居然能夠遇到這樣出色的一個朋友！如果不是現在，不是在此刻這種多變的情感困惑中，塞澳極有可能會得到她更多的纏綿，那可能正是塞澳想要的或最怕要的？但也許如果情況眞那麼簡單直接，塞澳也不會對音音產生這麼強烈的愛意。塞澳能夠如此迷戀音音，正因爲她不是那種會纏在塞澳身邊的女人。也許不是因爲曼哈頓，他們誰和誰都不會碰到，所有這一切都不會發生；造成種種感情錯覺和困惑的原因，也許壓根就不是因爲他們這些人，而是因爲曼哈頓？

她從地板上爬起來，走到鋼琴前，突然，手指按出來的都是非常美麗動聽的諧和之音。隨著這些聲音的出現，她驚呆了：我這是怎麼了？再這麼彈下去我就馬上能唱出來絕望的愛情歌詞了，今天我眞失落了，可我的手指下卻奏出來這麼美麗的聲音，可見玫瑰都是有毒的。愛和欲能使我們甘願投降於無知，本能是最簡單的，所以流行歌的力量就在於歌唱本能。當願望能大聲喊出來之後，就可以不去眞實現了。我也能唱出「擺脫一切，越過沙漠和海洋」之類的詞，唱完了，也許就能安心睡覺了？

她索性跟著手指的感覺，沉浸在浪漫主義音樂的動人旋律裡。心裡還是想：我這個人眞是無聊透了，沒了愛情，就不知道幹什麼，只知道彈琴。啊……庸俗和諧浪漫的世界大同之感情，愛情把所有的人都折磨成同一種操像了。連我都想相信愛情歌曲了，都想寫愛情歌曲了，看，我的手指在柔情地彈出美麗的音樂，我的腦子攔都攔不住，我都被折磨成理查・克萊得曼了。不行，至少也得換成古典主義那種道德莊嚴的悲傷吧，來表達我被愛情折磨得靈魂出竅了？笨蛋，愛情怎麼能使人靈魂出竅？愛情，是對智慧的葬禮，我一生已經給自己的頭腦舉行過多少次葬禮了？還得舉行呀？用古代祭奠般的悲傷歌喉來唱出我的失落，讓靈魂擺脫局限，誇張愛情的能量……

我的手指，請指引我尋找出最美麗的失落之聲吧。我是彈琴的海妖瑟琳娜（siren），古希臘的人鳥，坐在海岸上歇腳，用我的琴聲勾引著所有漁夫在我面前翻船。和眞正的塞倫不同的是，漁夫翻船了，我也跳海了。因爲我是假塞倫，我心裡全是人的感情。

手指漸漸在琴鍵上舞蹈著浪漫派的華麗步伐，那美麗的和聲，千變萬化的音響色彩交配，歌頌傷感是用不著具體對象的，把愛情、傷感和厭倦攪合在一起，就是一盤味道特殊的菜，就是一種色調曖昧的顏料，就是一部令人回味的浪漫樂曲，値得廚子畫匠樂師一輩子琢磨。

傷感、悲壯、心碎，仍舊充滿無限的愛意，這是浪漫主義的光環。但是如今我們誰能夠浪漫到死？厭倦隨之而來，不容回顧。今天，我相思，具體的物件也許是不重要的，相思本身引起無頭的傷感，傷感引出音樂。其實最好是見不到眞正所愛的人，否則愛人的存在會馬上變得太眞實太實際，厭倦也就隨之而來。思念永遠是美好的，瞬間的愛情就是high藥，有誰能拒絕？爲了high，我們不斷在犧牲細胞。多麼輕浮的生活審美，只有曼哈頓能造就和成全這種享受，從少年到老年，在曼哈頓的人，永遠不會消失戀愛的熱情，隨時都準備飛出房間，帶著少年心態穿越世界的沙漠和海洋，只爲了感受愛情的擁抱。這其實不是因爲浪漫，而是害怕厭倦。

手指在模仿後期浪漫主義的音樂風格，那分明是種壓抑過度，傷感過渡，思想過度，絕望過度的音樂，句句閃著哲學的光彩。但今天曼哈頓年輕人的特點不是絕望，是欲求，所有的感情都能馬上找到發洩的出口，那麼多種類的音樂如同計程車一樣排著隊等待著解釋和解決任何感情方式。曼哈頓的人能把絕望馬上轉換成刺激，讓生命在刺激中滅亡。

音音的手指變換著各種風格在鋼琴上如同神經錯亂一樣移動著，至少這樣可以忘記折磨她的感情和生理的需要。從浪漫到現代主義的音樂風格，手指在幫助她摸索著某種答案。她漸漸在走出惆悵，開始明白手指的旨意：現代主義的情感方式中絕對沒有給溫暖的傷感留空間。

似乎手指們在說：你可以表現絕望，表現厭倦，表現空虛，表現原始，表現野蠻，表現性感，但是，你最好別爲了愛情的失落大喊大叫。

音音：爲什麼？

手指們：因爲這種叫聲已經太多太長了，成了陳詞濫調。

音音：但是我們還沒有失去人性中最基本的感情，怎麼辦？

手指們：發洩，而不要去分析和形容。人性中的基本感情已經太多面了，但是任何一面都已經有了答案。答案是沒有用的，只有體驗。

於是手指們開始成了音音的領導者。

強，十個手指一齊砸下去，砸下去，再砸下去，弱，溫柔的分解和絃，閃出無調性的旋律，馬上用快速的顫音淹沒，穩住，安靜的和音，成串的和聲變化，穩住，保持虛幻的意境，跳躍！準確飛快的變奏，讓旋律若隱若現，插入輕柔的裝飾，再裝飾，再變奏，分解音型，放開，讓音樂更寬廣起伏，雙音連續轉換，節奏，連續的切分節奏，跳躍的裝飾，突然的快速低音，一片暴力的怒吼，怒吼，咆哮，左右手像是兩隻對峙的野獸，琴鍵就是野獸的競技場。兩隻野獸的競技開始了，無法形容音樂的方向和風格，除了能量就是能量，這樣一直到很久，兩隻野獸才漸漸趨於平靜，手指們又變成了饒舌婦，嘮嘮叨叨，直到累得都快要僵硬了，才甘休，音樂也嘎然終止。

電話鈴響起，音音回到現實，去接電話：哈囉？

是嬋：是我，我回來了。太想你了

音音腦子裡的閃念是：哎呀，可是我在想艾德……

但是她嘴上卻說：我也想你……們呀。

還是得說明一下嬋現在不是她關心的中心。

嬋也很敏感：艾德沒有回來麼？我以爲他早就回來了，他提前離開了。我眞的以爲他早就回來了。

嬋用通常的無辜語調說。

音音：發生了什麼事麼？他一直沒來過電話。

嬋：這我必須見到你才能說。

4

音音約了嬋在邦諾書店的咖啡店裡見面，艾德沒有跟著嬋回來，使音音非常困惑，她得在外面保持距離和嬋談這件事。

邦諾書店是音音和艾德常來的地方，來這裡讓音音想到艾德，他們常常在這裡過一天的時間，在咖啡店裡邊吃邊聊邊看書。在這裡看書的好處就是可以連吃帶喝的白看一天，不用買。

就在不久前，音音還曾經想約嬋來這裡分享讀書的樂趣，但現在她懶得再和嬋深聊書的事了，也失去了對嬋的音樂興趣。現在她唯一想知道的就是艾德的下落，因此她對自己並不滿意。從前的瀟灑似乎瞬間都消失了，自認爲風流的她突然變得只在乎艾德一個人了，連她自己也說不出來是爲什麼。比如，看著書店裡的各種書，她能馬上想到艾德和她曾經有過的所有關於書的對話和笑話，有誰能再給她這些樂趣呢？

嬋把自己包在一堆亮閃閃的褶子裡來了，這是三宅一生九〇年代典型的時尚，用渾身的褶子裹住胸中的悶欲，像是專門治療東亞女子精神病的特殊禮服，褶子上端露出青筋欲暴的脖子、蒼白面孔和豔紅血唇，再向上看去，乃是那雙永遠表現無辜的黑眼睛：眞對不起，我以爲艾德回來了。他早就離開我們了，我眞的以爲他已經回家了。

音音穿著薄亞麻男式襯衣、牛仔褲和短靴，伸開兩條長腿坐在椅子上，面無表情地看著嬋：他沒回來。

嬋從挎包裡拿出一堆照片，大都是她的演出照：我想給你看這些，這些照片裡有艾德。

音音無意的扒拉著照片，在幾張照片中，艾德和嬋的親密關係透過他們相互間的目光和緊拉著的手展示無遺，但是音音沒說話。

嬋主動說：是艾德自己要表現得和我這麼親熱，不是我主動的，我是你的朋友，如果你的男人要和我友好，我也接受，是爲了你和我，所以我沒拒絕他。看，這張是我給艾德照的。

艾德看著鏡頭，一臉的茫然，那種在鏡頭面前最難看的尷尬表情。

嬋：這就是我想告訴你的。我不知道他是不是愛上我了，但是我不能拒絕他的友誼。你知道我是不會背叛朋友的，所以我沒答應他的愛情，後來他好像情緒很不穩定，好像有點兒困惑，再後來他就提前走了。我眞的沒想到他還沒回來。

音音：我現在一頭霧水。

嬋：我不知道怎麼開始跟你說，把我們的關係說親密了，是誇張，因爲絕對沒有你和他在一起那麼親密，說不親密了，又好像在迴避什麼，我什麼都不想和你隱瞞。

音音：我也不知道該問你什麼。

嬋：你是我的好朋友，我如實告訴你。和他在一起，我們談話非常投機。他是一個非常聰明的人，而且注意聽別人說話，很快我們就幾乎無話不談了。

嬋在腦子裡回憶起一段和艾德的談話內容。

當時他們在談關於魅力的話題，她看著艾德關注的眼神，忍不住把裙子掀起來給他看自己的大腿，問：你說我的腿好看麼？

艾德居然很認眞地看了一下，說：很好呀。

當然，這些細節沒有必要告訴音音。

嬋：你知道，從專業來說，我說得越多，他會越瞭解我，他越是有得可寫，所以我們無話不談。艾德是個有魅力有智慧的男人，謝謝你讓我分享他。

音音：那你就說說這些分享的細節吧，萬一他已經自殺了呢。

嬋：怎麼可能？他是非常高興地離開的。

音音：從第一天晚上開始說吧。我可以帶著開追悼會的心情來聽，這樣我也不會怪你。

嬋：當天晚上我們基本上都沒睡覺，聊了一夜。我一生沒有碰到過這麼聊得來的人。我們談的是分裂人格和人性黑暗等等，非常有意思。

音音心裡想：叫她一說，他們在一起說的淨是哲學了。

音音想起艾德曾經說過嬋是個死火山，不知要什麼力量才能再爆發。艾德也說過嬋的經歷一定非常分裂，否則她不可能那麼好的自我控制。音音想到艾德幾乎很少說嬋的好話，看來艾德是個兩面派。

而嬋的腦子裡正在出現那一夜和艾德在一起的場景：他們那天晚上確是說到分裂人格的

話題，但是談話讓嬋給岔開了。她說起她曾經被強暴的經歷，說到她對人性的失望，主要是對性的冷淡。艾德的眼光充滿同情，嬋喃喃說：也許你是我命中註定使我恢復人性的第一個人。說完，她用天眞的眼神看著艾德。這是她的街頭智慧在起作用，一般男人就愛當第一個，你說他是第一個，他肯定湊上來。果眞，艾德也不能免俗，他的嘴巴迎上來了。嬋一邊爲音音惋惜，一邊接著證實自己的智慧。當晚，在旅館裡，嬋的呻吟聲使艾德徹底忘了音音。當然，這些細節沒有必要告訴音音了。

嬋：所以在第一天，我們互相熟悉，聊了一天一夜，累死我了。

說這話的時候，她臉上的表情如同談工作一樣認眞，其實腦子裡出現的是和艾德那一夜性愛的瘋狂場景，她眞希望能夠找誰說說，但肯定不是跟音音，面對音音的存在，她只能是堅持滿臉的天眞微笑。

音音故作鎭靜：現在我們的回顧會應該講第二天了吧。對不起，我太想知道艾德的情況了，連我自己也沒想到我會這麼關心他！

嬋：當然，他是你的未婚夫呀，我能理解，讓我想想。第二天，不知道爲什麼，他突然變冷淡了，你看那張照片就是我給他照的。雖然照合影的時候他還是拉著我的手，顯得特別友好，但是很明顯，我們的話說得少多了。可能是他累了吧。

在嬋的腦子裡出現了那天的情景：她幾次走到艾德的身邊想接著聊，但是艾德心不在焉的迴避了。嬋覺得他可能是內疚了，或者陷於兩個女人之間的愛情的確是很困擾的事，嬋能理解一個男人的苦心，她見多了，所以並不在意。她告訴音音艾德的冷淡，是實話，並且，這種實話肯定是音音最愛聽的。

嬋：但是在那天排練結束後，他對我說，你的音樂是唯一表現出你的本質的。你說，他說的是什麼意思？

音音想到艾德曾經評價嬋是一個沒有生命，藉以在別人的生命中生存的人。他評價嬋的魅力是：沒有生命的人往往顯出比有生命的人更有一種神祕感和魅力，因爲她依附在另外的生命中，掩蓋著本質上的死亡。當然，這些話她不能告訴嬋。

音音：我想他肯定是在高度稱讚你吧。

嬋：我想也是。我想把這句話放在我的宣傳手冊上－音樂表現了人的本質。我當時也是這麼回答艾德的，我說，我就把這句話理解成你對我的最高評價吧。

音音微笑。這就是嬋的堅強素質。

音音：那第三天呢？

嬋：第三天，白天我見到他的時候，基本上沒說話，可能我也太忙了。他偶爾和我說話，眼睛也不看著我。眞奇怪，好像我得罪了他似的。更奇怪的是，他來了我的更衣室，非常奇怪地看著我那身晚禮服，然後就出去了。等我演出完，聽說他已經離開了。

嬋這時候腦子裡回憶起那天她和艾德的對話。她在更衣室給艾德看她的演出服，她的胸被假胸罩高高的托起，她自己認爲非常精彩，但是艾德卻問：爲什麼用假胸罩托這麼高？自然的消瘦多美。

嬋覺得這個問題非常傻，只好如實解釋：我花了差不多五千美金，用了一年的時間在法國定做的這身內衣，能把我的體型給箍成另外一個人，隆胸其實是我們東方女人的嚮往，否則我穿不了這件義大利人設計的禮服。

嬋邊說邊照鏡子，再看艾德，他已經走了。沒有任何祝賀演出成功之類的詞，也沒有一個擁抱，就走了。嬋很失落，也不明白，但是這個細節她不能說，她自己都不明白在什麼地方得罪了艾德。她不相信內疚能夠使一個男人如此的無情，必定是什麼思想在他心裡發生了，必定是她自己什麼地方讓艾德失去了興趣，必定是他倆之間有了什麼錯位，憑著嬋生命中屢屢出現的感情挫折，她直覺這不是偷情造成的。但是跟音音當然不應該討論這些。

音音想到艾德曾經在書中形容過一種美麗，柔順如長筒絲襪一般。艾德常把那種純絲的長筒襪比作一種美麗女人的命運，被人佔有和撕毀，那撕裂絲襪的聲音，在深夜中男人的耳朵裡顯得驚心動魄得誘人。嬋，把自己永遠包裹在美麗衣服中，似乎是等待著最合適的破壞者來隨時撕毀那些面具。但是艾德到底想在嬋那裡得到什麼呢？還是沒有得到什麼就壓抑出走了？

音音：那麼然後呢？

嬋：然後我就再沒有他的音訊了。會不會是回到他故鄉去了？探親去了？

音音：我沒有他故鄉的地址。他追著我來到紐約，跟著我在紐約定居，我們從來沒回過他的故鄉。他倒是更想當一個中國人，想跟著我回中國，而不回蘇格蘭。

嬋：眞對不起，沒想到我請他寫評論成了這個結果。

音音：我不知道他在蘇格蘭的地址，我都不知道他在蘇格蘭家裡都有什麼人！

嬋：他是一個非常好的人，你們倆非常般配。你真幸運，有這麼好的一個男人和你在一起。我希望他馬上回來。如果你覺得孤獨，可以搬到我家裡住，我也可以搬到你家裡陪你。我們是好朋友，你不要見外，我可以永遠陪著你，我的一切都可以是你的。

嬋過來拉著音音的手，音音把手抽出來，很客氣地沖嬋微笑了一下。

音音：對不起，我想回家了。我沒想到，艾德的存在對我這麼重要。現在我滿腦子都是他，眞奇怪，他老在我身邊轉的時候，我眞希望他能讓我喘口氣，但是，現在他沒了，他成了我生命中最重要的人。讓我自己想想吧。我覺得他也對不起你，怎麼可能在沒看演出的時候就走了呢？事情應該做到底，這很不像他的性格。

嬋：我知道在感情受到挫折的時候，朋友是最重要的。現在我是你的朋友。

音音：可是現在我喜歡一個人呆著。我走了。

她站起來，不願意讓嬋跟著一起出來，留下自己的咖啡錢，飛快地跑出書店，叫了計程車回家。

第六章

假迷戀和眞迷戀的區別……

1

就在嬋回到紐約的幾天前，有一個她最不願意見的人到了紐約。他的名字叫荊綬。

荊綬和他的名字發音一樣，很瘦，穿著嬋在法國給他買的名牌西裝，提著嬋在法國給他買的名牌行李箱和手提包，來到了紐約。

荊綬先把自己安置在離嬋住所不遠的小旅館裡，然後開始給嬋打電話。嬋的家裡沒有人接電話，他就天天打，從早打到晚，直到嬋回到紐約，進門的時候聽到了他的電話。

嬋回到紐約後的第二天，荊綬就出現在嬋的家門口。嬋打開門後，荊綬走進來，此後就再沒出去，基本上是搬進她家不走了。

荊綬的到來足以讓嬋忘記艾德的失蹤和音音的沮喪。她沒功夫在乎艾德了，就算是艾德對她失望了，覺得她沒魅力了，又怎麼樣？反正艾德已經把寫出來的有限的文字都交給她了，並且同意她隨便使用。現在她面臨的是更大的麻煩，荊綏的到來是要求她履行自己諾言的。在法國時，她曾經答應過荊綏，如果荊綏能幫助她完成她的傳記，她就答應和荊綏結婚。現在荊綏眞拿著傳記來找她了，要求結婚，否則寫好的傳記就會從電腦上被刪了。

荊綏用執著的眼光看著嬋：你難道忘了咱們在你巴黎的臥室裡是多麼纏綿麼？你忘了你說過一刻也不願離開我，所以求我給你寫傳記麼？你說這是我們完美結合的最佳方式，就是讓我通過這個傳記徹底瞭解你。你忘了我徹夜不眠地聽你說你一生的經歷麼？我相信你，所以留在法國給你整理傳記，沒想到你到了紐約以後，什麼音訊都沒有了。

嬋基本上不說話。任憑荊綏在房間各個角落翻來看去。

然後荊綏以前男友的身份佔據了嬋的臥室，嬋還是不說話。夜裡，他摟著一動不動的嬋睡覺，白天，嬋走到哪他跟到哪兒，來回用不同的口氣說：結婚吧？我太愛你了，你難道不愛我了麼？你這麼冷淡是爲什麼？你這麼快就忘了我？忘了你和我的契約？別讓我對你失望，否則我會毀了你的傳記。說吧，結婚還是毀了傳紀？

怎麼能不結婚還能得到傳記？成了嬋每天面對的智商測試題。在完全無奈的狀況下，她想出一個自己都覺得荒謬的理由來：不是我不想和你結婚，你知道我周圍有很多愛我的人，你得等我去一一把他們都擺平了。

荊綏：但是除了我，還有誰能是你生活中最重要的人？在你先生死後，誰給你帶來新的希望？是我。誰讓你感到女性？是我。而且我還能給你寫傳記讓你進入世界名人史冊。當然，你身邊一直有黛安，是她的音樂使你成爲今天的你。但是她早就是你的過去了，你們在年輕時候的那種戀情是不成熟的，那是你們兩個孤獨女孩子玩兒的感情遊戲，那不是一種成熟的關係。現在你還有誰？只有我。

嬋不說話。

荊綏：如果你怕黛安傷心，我可以馬上給黛安打電話，我知道她也從法國回來了，我和她解釋。她是你的朋友，肯定也希望你的傳記能發表、好讓全世界都知道你們倆的音樂吧。

嬋不說話。

荊綏：你不說話對誰都沒好處，你的傳記在我電腦裡，你肯定比我更在乎是否發表。

荊綏拿起電話。

嬋說話了：其實我跟你結婚，誰都不會在乎，你給黛安打電話也沒用，我最近是有麻煩，顧不上結婚。

荊綏：什麼麻煩？跟男的還是跟女的？我能幫你解決麼？

嬋：你不認識這些人，我也不用你幫忙。

荊綏撥通了電話：哈囉？黛安？我是荊綏。我已經在嬋這裡住下了。對。你知道，我告訴過你，我準備和嬋結婚，但是我們都想和你聊聊。現在。對。你知道她最近的生活麼？你知道她現在又有新朋友了麼？你知道她最近有什麼麻煩麼？你不知道？好，你現在過來。我們聊聊。

荊綏放下電話：好，黛安說她馬上就過來，你跟你的老朋友坦白吧。你知道，我的性格是什麼都能寬容的。

嬋不說話。

沒多久，黛安就到了。她是個瘦高的歐洲女子，一頭金髮，面容清秀。

黛安見到嬋，親切擁抱接吻，表示了她們之間無須隱瞞的親密關係。

黛安：我剛從法國回來，還沒來得及過來，今天正好也來看看你們兩個人。這裡的氣氛有點兒緊張，怎麼回事？

她看著嬋：你看起來臉色不好。沒休息好麼？這次巡演好麼？我沒有跟著你去，希望你是很成功的。

嬋：我還好。你和荊綬說吧，他非要和我結婚。現在叫你來了，不知道他要說什麼。

荊綬：黛安，你知道我和嬋的關係，你也知道我知道你和嬋的關係。現在我想要知道你和嬋還有沒有關係，這樣我和嬋的關係可以進一步的發展下去。

黛安：你知道我和嬋就是一種永久的特殊關係，是從青少年時代的閨密，但這不影響你和嬋發展關係。

荊綬：但是嬋說，她因爲有了另外的朋友，新的麻煩，不能和我結婚。

黛安：這我還沒聽說呢，麻煩肯定不會是我，你知道我和嬋的關係是很特殊的，但是不會影響她和任何人結婚。那麻煩是誰呢？

荊綬：她不想讓我知道，你知道麼？

黛安：我當然不知道。

黛安轉問嬋：是不是那個跟著你去巡演的艾德？

嬋搖頭。

黛安：那麼艾德的女朋友？那個鋼琴家？

嬋沉默。

黛安：是什麼麻煩呢？你睡了他們倆？

嬋搖頭。

黛安：他們兩個都愛上了你？

嬋沉默。

黛安：還是你睡了那個男的，還同時勾引那個女的？或者是睡了女的勾引男的？然後他們打起來了？

嬋沉默。

黛安大笑：這是多傳統的法國鬧劇！不過我沒看出來這能影響你和荊綏結婚呀。但是荊綏，現在你是她的什麼人呢？

荊綏：我曾經是她的男朋友。將來是她的丈夫。

黛安：爲什麼？你們已經多長時間沒有在一起了？我好像覺得你早就不是嬋的男朋友了。

荊綏：我們沒有在一起的原因，是因爲她讓我給她寫傳記！我就老老實實留在巴黎給她寫傳記，沒想到她到了紐約，完全就不想要我了，但是她想要我寫的書！這不可能，我不能這樣被利用了，她得答應我，和我結婚！

黛安：荊綬，以我知道的嬋現在的財力，她完全可以買任何一個作家爲她寫書，她沒有買你，可見是對你很看重的，可見你們以前的關係很不一般，你別逼她反倒毀了你們的友誼。

嬋突然說：他從來就不是我的男朋友，是他強姦了我！

她的眼淚在眼眶裡轉。

荊綬：小姐，你多大了？我怎麼可能強姦一個成熟女人？你又不是不認識我？你說過你感到我的觸摸非常性感，你說過每次見到我都依戀我的溫柔。難道你享受完我還告我強姦不成？那你還不如直接花錢買我的文章算了，我也算沒虧本。

黛安：你虧什麼了？

荊綬：管寫書還管睡覺，卻得不到愛情，反告強姦，我虧大了。

嬋：我沒有利用你。

荊綬：你當然利用了我，你還利用了很多別人，只不過我不認識他們！我也不知道你這對新的朋友是不是你利用的物件？

黛安：到底是什麼麻煩？嬋，說呀。

嬋：艾德的女朋友叫音音……

黛安：你和她有了什麼關係？是愛情關係麼？

嬋：不能怪我，是她單方面的……

荊綬：難道她也強姦了你不成？

嬋：她喜歡我，因爲喜歡我，把她的未婚夫艾德也介紹給我，讓他義務爲我寫文章。本來是很美的關係……

黛安：這太傷害我了！難道你忘了我和你之間的美好麼？你爲什麼早不告訴我？

嬋：你不在紐約呀！再說這是我的自由，而且我和音音之間不過是柏拉圖……

黛安：那你和艾德呢？

嬋：艾德失蹤了，因爲愛我離開音音了。

荊綬：你和這兩個人的關係對你有什麼好處？他們又沒有給你寫傳記！

嬋：我出大價錢買你的傳記。行吧？

荊綬：現在我還眞就不賣了。

黛安：你不和荊綬結婚我能理解，但是我不能理解你對這兩個人的感情。他們和你的音樂有什麼關係呢？你想改變你的音樂風格麼？別忘了，是我製造了你的音樂形象，你不可能變成音音。我認識你這麼長時間了，只有我知道你可以做什麼不可以做什麼。這些你新認識的朋友對你不過是好奇，他們並不瞭解你，等他們瞭解了你，他們不一定眞的是你的朋友。他們沒有經歷過我們共同經歷過的那些日子。你明白麼？不同經歷的人是不會互相瞭解的。一個人的歷史造成了一個人，我造成了你，你的丈夫造成了你，荊綬將會用他的寫作接著造就你，而不是那些曼哈頓的人。你想過麼？

嬋：但是音音的音樂那麼自由，可以讓我感覺到另外的我，可以擺脫你們兩人對我的感情要脅！

黛安：你眞以爲音音這樣的人會眞愛你麼？她不過是不瞭解你，一旦她瞭解了你的眞相，她絕對不會對你這樣的人感興趣的！她的未婚夫已經被你利用完了，將來她知道你不過是在利用所有的人，她會恨死你的！只有我這種老朋友可以容忍你的所有弱點，無償地愛你。別人不可能的。

嬋眼睛裡充滿了淚水：我永遠以善良待人，從來不利用人，不相信所有的人都會誤解我。

荊綬：如果你不和我結婚，就是不善良的，你當初說過你離不開我，你答應過我，說如果我寫完了你的傳記你就會嫁給我，現在你千方百計甩開我，編個荒謬的愛情故事來唬我，你能說自己是善良的麼？

嬋：一個人感情上的選擇沒有什麼善良與否可言，我當初喜歡你，接受你，沒有說過永遠。

黛安：嬋，你知道當你處於低潮的時候，你是一個非常可愛的人，每次你的情況開始變化，你就開始變化。

嬋：我永遠追求更完美的眞實，這沒有錯吧？

另外兩個人開始沉默。突然，黛安摔了門走了。荊綬跟著這陣勢，收拾了箱子也離開了。

2

安靜下來，嬋突然明白了一件事情，她剛剛失去了兩個在她生活中最重要的人。她對音音的瞭解並不深，艾德這個關係也很快就結束了，黛安是對的，音音的音樂不是嬋要的，音音也不會寫文章，只有荊綏和黛安才是她目前生活中最實際最重要的人。如果她失去了黛安的友情，就失去了事業的奠基，如果她失去了荊綏，就失去了未來的光輝。而音音那顯然已經涼下去的友情，對她還有什麼具體的用途？她自己都沒想到，她是眞實的喜歡音音。雖然她以利用艾德的方式開始了這一段友誼，但對於音音，她不想用任何虛假的感情，她喜歡和音音渡過的所有時光，沒有任何目的，只享受音音對她的藝術認可。嬋的一生艱難，不得不把所有的友誼和愛情最後都變成一種目的，唯有對很少的人是純粹共同享受消磨時間的，音音是其中的一個。

但是她絕對不能爲了一個新的朋友就這麼輕易的失去黛安。她和黛安的歷史追回到她在中國的少女時代，她那最孤獨無望的年代，沒有黛安的幫助，她不會有今天的成功。於是她馬上給黛安打電話。

嬋：對不起，如果我說的什麼話傷了你，希望你原諒我。

黛安：沒有人比我更瞭解你了。

嬋：我沒有愛上音音，我只說過她喜歡我。她讓艾德給我寫評論，艾德實際上也喜歡我。

黛安：你不喜歡他們麼？

嬋：我不。我是爲了找一個藉口不和荊綬結婚，就那他們當擋箭牌了。你知道，我不是很容易喜歡一個人的。

黛安：其實……

嬋：你和我是不可分隔的。沒有你就沒有我。但是這種話我沒有對任何人說過。

黛安：音音從你這裡要得到什麼？

嬋：我想她就是喜歡我，我想她愛上了我的音樂。

黛安：那是我的音樂。

嬋：是我的演唱。你必須承認，我的演唱使你的音樂有了一種特點。音音愛上了這些特點。

黛安：沒有我給你這些音符，你無法發揮。

嬋：當然。但是這些音符必須是我唱才會使人難忘，音音是因爲我的演唱來找我的。

黛安：那我應該認識她，這樣她知道只有我的音符造成你。

嬋：我非常希望介紹你認識她，我和她提到過你，但那時候你不在紐約。另外她對音樂非常苛刻，有時候讓人難以忍受，她喜歡我，說我的音樂表現力象徵著死亡，可是我知道她其實並不喜歡我這種音樂，只是喜歡我對這種音樂的演唱方法，所以我也很怕你受到她的傷害，因爲你是這個音樂的原作者，只有我知道你的才能。

黛安：你是不是在拐彎兒的否定我？

嬋：我沒有要拐著彎兒否定你的意思。我愛你。我只是怕音音對音樂的苛求語言會傷害你。我並不愛她，我也不打算請她給我寫音樂，只不過她喜歡我，我就沒有拒絕她的友情。這你不反對吧？

黛安：當然。你放心，如果你仍舊愛我，你也永遠會有我的愛在你身邊，你可以去享受任何別的友情，你也可以接受荊綬的求婚，我都不會在意的。只要我知道，你不是在利用我。你心裡只有我一個人。

嬋：我沒有變，和小時候一樣。此時此刻，如果你能看到我在落淚，你就會更相信我。

黛安：那麼，晚安吧。

嬋：愛你。

兩個人幾乎同時放下電話，同時在電話的兩頭長出口氣。

3

艾德失蹤，塞澳出國，不用排練了，音音決定改變生活方式。她從超市里買回來足夠一個月的食品，放滿了冰箱和所有的櫃廚——大部分是罐頭和非冷凍食品。然後她把自己關在房間裡，不打算出門了，也不彈琴了，穿著寬大的睡袍，夜晚躺在床上看電視，白天把窗簾打開，躺在地板上看窗外的天空。在曼哈頓的樓房裡能看到整個的天空很不容易，大部分的人從自家窗戶裡望出去不得不窺視對面樓房的窗戶。看天的方法，最好是躺在地上，這種角度可以繞開對面的樓頂，看到一角天空。音音找好一個角度，把毛毯鋪在光亮的地板上，擺好所有的食品，整天躺在毛毯上，看著窗外的天空，往嘴裡塞點兒吃的，然後打盹。尤其是在太陽照進窗裡的時候，可以照在她的臉上，要是趕上正在熟睡，她就會夢見自己是躺在海邊了。

一天天過去，這麼無所事事，閉門不出，音音發現自己是個非常樂觀的虛無主義者。多少天過去了，她幾乎覺得忘記了時間，突然電話鈴響起來。

雖然電話已經被她拖著長長的線挪到窗下的毯子邊上，但是音音等電話響了很久才拿起話筒：哈囉。

是嬋：你好麼？我是嬋。

音音：聽出來了。

嬋：你好麼？

音音：好。

嬋：聽起來好像你有氣無力的。

音音：在睡覺。

嬋：現在是幾點？你這叫什麼覺？

音音：呵。

嬋：你應該出去曬曬太陽，今天天氣特別好，我剛出去回來。

音音：你不是更喜歡死亡麼？怎麼突然要曬太陽了？

音音也感覺到自己說話有點兒無理，但又忍不住想跟嬋發脾氣。她的女人直覺占了上風，斷定艾德的出走是和嬋有關係的。嬋越是掩藏不說，音音越對她抱有敵意。

她問完話就把話筒放在很遠的地方聽嬋說話，她甚至開始怕聽嬋的聲音。

嬋：我的精神屬於死亡，身體屬於人。

音音把話筒從遠處拿過來應酬：呵。

然後又把話筒放回遠處。

嬋：你是不是在生我的氣？覺得艾德是因爲我走的？我沒有讓他走，也不知道他爲什麼走，我和他沒有任何關係，真的不知道他在什麼地方，咱們以前那麼親密，現在你變得這麼冷淡，艾德跟我去巡演是你同意的，如果你沒有同意，我不會帶他去的。寫評論的事情也是你同意的，否則我也不會請他的。現在你都怪我，你一定覺得是我在拆散你們，其實不是我，我沒有做任何對不起你們的事情。

音音一直是伸長了胳膊，把話筒拿到離耳朵很遠的地方，躺在地板上，不打算討論艾德的事情。所以嬋說的話大部分她都沒聽清楚。她覺得嬋是在解釋，但是在她的腦子裡認定了嬋是艾德出走的罪魁禍首。然後她似乎聽到嬋的哭泣聲，馬上心軟了，把話筒拿近。

音音：別哭呀。現在該哭的人是我，你哭什麼呀？

嬋：我覺得自己對不起你，我不該只想著我的音樂事業。現在所有的事情都似乎在報應我。

音音：怎麼了？出什麼事情了？

嬋：我不能相信世界上任何人，只能相信你。如果我告訴你發生的事情，你必須要儘量理解我，別裁判我。

音音：說吧，到底出什麼事了？

嬋：你記得我跟你提過我的音樂的真正創作者麼？我跟你提過黛安。

音音：隱約記得，我們沒有多說過她。

嬋：她是我所有音樂的作曲，製作，也是當初我的代理人。她是我的好朋友。沒有她的幫助，我不會象現在這麼自信。

音音：有這樣的朋友多好呀。

嬋：但是我太倒霉了。她昨天把所有的伴奏帶，所有我在演出時需要用的音響資料，全都帶走了。你知道我演出是不靠樂隊的，全用的是她製作的音響，現在所有的音響都沒了。她偷走了所有屬於她的東西！

音音：屬於她的東西她還用偷麼？

嬋：她趁我不在家的時候，讓荊綬開了門，帶走了放在我這裡的所有的音響，舞臺燈光設計軟體，然後說服了我樂隊其他的創作人員，連同佈景和道具，連人帶物，全離開了我的團體。所有屬於我的音樂現在都被帶走了，她去另外開創她自己的演出事業，用同樣的音樂，但是不用我唱。

音音：爲什麼？你們是那麼好的朋友。

嬋：因爲我告訴她我喜歡你，但是她喜歡我。我還告訴她你喜歡我的演唱，但你不見得同意她這種音樂風格。

音音：眞複雜，讓她開吧，不會是一樣結果的。告訴她，我在你的生活中並不重要，我不過是你剛認識的一個人，我們互相並不瞭解。

嬋：但是她不這麼想。因爲我告訴她，你說是我的聲音使那音樂有了意義，所以她非常生氣了。她要證實沒有我那音樂也有意義。她說，我的聲音並不好，任何人都可以做到我的水平，她馬上要開一個和我一樣的音樂會來告訴大家她音樂的眞正聲音。

音音：眞對不起，都是認識我後找的麻煩。

嬋：現在我怎麼辦？你能幫助我重新再製作一套新的音樂嗎？我會使你的音樂更加有魅力的。

音音：我不敢保證，真的不敢保證，聽你一解釋，我覺得黛安是一個非常有才的音樂家，她的音樂真的非常適合你。爲了你們這麼多年的朋友，你也應該祝賀她的音樂會。然後你們還會合作的。

嬋沉默了一會兒，然後說：我聽你的意見，但是你也替我想想我的音樂前途吧。

音音：好，我替你想想。但我還是覺得黛安給你作曲最合適。

嬋：再見。

音音：再見。

掛上電話，音音去櫃廚裡給自己拿酒，邊想著嬋演唱時那種幽靈般的狀態。她怎麼想怎麼覺得自己的音樂不能代替黛安的音樂，她在音樂上的所有追求都是和嬋相反的。

黛安，如果她認識我，就馬上能看出來我根本就不是她的情敵！

可正在這時，又一個電話進來了，是一個陌生男人的聲音。

音音：哈囉？

男人：這是音音嗎？

音音：是我。

男人：你可能不認識我，但是我聽多了你的名字，覺得很認識你了。我叫荊緩，是嬋的男朋友。

音音：呵，你好，沒聽說過嬋有男朋友，不過，這太好了。你找我有事麼？
荊綬：你沒聽說過我和嬋的關係麼？
音音：當然沒聽說過。
荊綬：沒聽說過？好，我告訴你吧，自從她丈夫死以後，在法國，我就是她的男人。我們一直都住在一起，我沒跟著她來紐約，是因為我要在法國把她的傳記給寫完，這是我們說好的，一旦完成了她的傳記，我們就結婚。
音音：那祝賀你們幸福！
荊綬：可是現在她有了麻煩，好像是因為你們。
音音：我們？誰？
荊綬：你，和你那個外國未婚夫艾德。
音音：我們怎麼了？
荊綬：你們是不是愛上嬋了？她是不是愛上你了？艾德是不是也愛上她了？你們把她的情緒給攪亂了，所以她不和我結婚了。
音音：我們是朋友……沒有什麼特殊的關係，本來是我快要和艾德結婚了，沒有嬋什麼事。
荊綬：不對吧？她說你喜歡她，她要是和我結婚，怕傷了你，你們到底都幹什麼了？
音音：幹什麼了？我想想……我把我自己的未婚夫介紹給她了，別的什麼都沒幹。
荊綬：她說你愛上了她，在追求她。

音音：我喜歡她，但是更喜歡男人，如果需要換未婚夫換情人，肯定再換一個男的不是女的。

荊綬：那你就別誤導嬋了。嬋過去是有女朋友的，她和黛安情深誼長，你最好也別拆散人家。連我都不忍心拆散她們。我不過是要求和嬋有個婚姻的關係。

音音：這些都關我什麼事呀？女人喜歡女人，不僅僅是同性戀的特權，雖然我完全沒有興趣和女人睡覺，但是你攔不住我喜歡女朋友呀。不過，你們要是那麼在意，我完全可以從此再不見她。

荊綬：好，一言爲定。我聽說過你是個重朋友的人，嬋和我結婚對她是非常有好處的，她可以得到一本使她進入史冊的傳記，爲了成全她這個願望，你也應該在她的生活中消失掉。因爲我不喜歡你和你的那個未婚夫，你們把嬋徹底搞糊塗了，把她自己的背景都忘了。她的存在全靠我和黛安，而你們只能使她以爲她是另外一個人。

音音：那就聽你的，我沒意見。讓她只當不認識我們。

荊綬：那我就放心了。

4

音音在睡覺前基本上把自己灌了個半醉，這樣可以忘掉一天來的電話騷擾。同情嬋，並不等於可以忘記艾德。嬋，似乎有能力把所有的愛情最後都變成一種悲劇，艾德在和嬋的交往中，是個什麼角色？

音音半清楚半明白地想著，難道艾德眞的可以爲了嬋而放棄我麼？爲了那種美麗安靜的死亡音樂而放棄我這種活生生的混亂？不過也是呀，我不是也開始同情嬋了麼？我的耳邊現在似乎也在出現一種安靜的死亡音樂了。沒有變化，不要變化，我想安睡，在黑暗中，在夢中，看到棺材是美麗女人的裝飾。

早晨，音音被送郵件的人給吵醒了，因爲郵件是掛號信，她得簽收。接過郵件，看到上面的英國郵票，她覺得手在發抖。

別急，別急，慢慢的打開。先給自己來杯咖啡。

拆開信封，拿出一大疊紙，看到艾德的手寫體，這麼多頁，像是一本書稿。

音音先把所有的紙張都掃了一眼，想判斷一下是書稿還是情書，顯然，沒看到任何「我愛你」之類的字眼。她迫不及待的從第一頁第一行看起，像是信，又像是日記，又像是文章：

我的親愛的音音，

——這並不等於情書，這是慣稱，不足心動。音音評判著。

這是我和嬋在一起三天的日記，全都寄給你，你就知道這三天裡都發生了什麼。我希望可以向你坦白所有我心中所想，在你我之間沒有任何祕密。

——這可以算是感情流露了，但是音音是否願意也什麼都坦白呢？

她接著看艾德的信。

和嬋出去巡演的第一天：

我們坐著樂隊專用的大巴啓程，很開心。

必須承認，和嬋聊天，的確非常有趣。這是我在眞實生活中第一次接觸到這種小說人物般的女人。她說話的姿勢基本上永遠是一樣的，聲音永遠是一樣的平淡、柔弱、眞誠、有時選字會猶豫，這種語調使人格外動心，尤其如果說的是驚心動魄的人生故事。她小時候肯定是個很可愛很美麗的小姑娘，但是童年和少年的艱苦，使她在少女時代已經心中傷痕累累。父母離異，孤獨的童年，沉重的家庭經濟壓力，早年被強暴，少女求援般的同性戀關係，又爲了物質生活而早嫁，早守寡，有過無數貪婪的情人，她能至今還保持著那種天眞的眼神和美麗的肌膚，的確是另人驚訝的。她平淡地訴說著被強姦的過程，冷靜但是大膽的讓我看到她的身體，這種無動於衷的勾引讓我不知所措。

她是那種美麗柔順的造物，美麗柔順但是毫無生命，當她在夜晚走進我的房間，把她自己獻給我時，我似乎突然體驗到自己小說中的人物了，體驗到謀殺者的欲望是如何產生的。我從來是把自己的生活方式和我的小說人物完全分開的，由於距離，我可以製造出各種變態的小說人物，因爲他們和我沒有任何關係。但是，突然，我自己好像走進了自己的小說，看見了一個在我筆下的兇手，他正面對著一個可能會被謀殺的女人。這個女人，能引起兇手一切的狂想，心疼她，佔有她，不知不覺，想破壞她。她的所有的過去和現實都能激發兇手對某種陰暗情緒的迷戀，她千瘡百孔的靈魂如同我常會描寫到的女人蕾絲內衣和長筒絲襪，存在的意義就是爲了被撕裂，才更加動人。她的美麗肌膚如同綢緞，綢緞的抖動，會引起剪刀的聯想，和被破壞得亂七八糟分裂著的絲線，肌理七扭八歪，露出絲綢構造眞實複雜的糾結。一種令我恐懼的強烈欲望襲來，我開始體驗到兇手的心情，身邊躺著的是一個絲綢般溫柔，對男人沒有任何性格威脅的美女，但當兇手開始佔有她時，能感到她一邊在暗暗的享受，一邊在臉上繼續露出被蹂躪的純潔無辜，這種裝腔作勢，讓兇手覺得自己的行爲相比之下反倒更單純了。那男性的強盛欲望，激發著破壞欲，爲了要看到對方最眞實的自我，只有給她痛苦，才能剝開靈魂的畫皮。我覺得自己成爲了介乎于兇手和我本人之間的一個人物，一邊看著小說場景的進行，一邊體驗我自己那平庸的情欲。我居然有這麼陰暗和平庸的心理，在這個骯髒的瞬間，我再也不是平常那個追求完美愛情和婚姻的艾德，我變成了一個被我筆下的兇手控制著的人物，充滿了對嬋的性佔有欲。她果真和我想像的那種小說中受害者一樣，不斷地小聲呻吟著，似乎是在受著折磨，又似乎是在讓自己咬著嘴唇絕不高叫。儘管我是那麼溫柔，沒有一絲的暴力，她還是咬著嘴唇，讓我看著她覺得自己是個骯髒的殘暴者。面對她的反應，我似乎聽見了我筆下的那個兇手正在咬牙切齒的準備一場謀殺的細節，而我只是看著她，不明白她為什麼對情欲有如此的表現？我的本質完全和謀殺者沒有關係，儘管我可以淋漓盡致的描寫謀殺，但是我只能看著我的情欲物件百思不得其解，她為什麼要在這個享受的過程中要把對方從始至終置於一種骯髒的地位？她分明是在享受，而不是痛苦，細小的呻吟透出不停頓的快感，但是她明顯是怕自己徹底放鬆，怕讓我看到她在享受，怕我沒有內疚，直到我們最終沉睡，她卻很快就縮在我的懷裡，似乎要尋找一種終生的歸宿。

音音看到這裡，氣得大叫，她發覺自己並沒有自己想像得那麼大度，低估了艾德的放蕩，也低估了艾德在自己感情生活中的位置。她馬上在腦子裡給艾德判了死刑：小子，別再說你認識我。

然後她接著看下去：

和嬋出去巡演的第二天：

早起，她給了我一個天真的微笑，我們叫了房間服務的早餐，然後她穿著和服式睡袍走來走去。因為放鬆，她開始話多了，開始發表各種對藝術的議論，希望我寫進評論中。她基本上來回說的大概是：我的音樂是從心中自然流露的，沒有任何啓發；音樂不分好壞，都是眞善美；要讓世界看到我，必須通過包裝；我不在乎語言審美，只要觀眾喜歡我，等等。她沒有想到她說得越多，我越無話可說。我是個對談話智力有要求的人，性感的審美延續中包括智商。突然，一種厭倦襲來，我不知道和她再說什麼好了。她還是在不停地說，而我突然覺得非常非常的累，吃了很多的早餐，還是累。

她開始越說越激動起來，聲音開始顫抖：有你的愛我就能忘記過去，否則生命只有死亡。對於我來說，每天走向音樂就是再一次走向死亡。

她神經質地在房間裡來回走，擺弄著她的睡袍，問我：你在意時裝麼？

我說：那要看這時尚和我自己的品味是否搭配。

她說：時尚需要思想麼？時尚就是錢，錢是死的，我也是死的，只有時尚是我的存在標誌，我必須穿著最名貴的衣服在街上走，否則我不知道自己的身份是什麼，這些衣服提醒我，我存在著，而不是簡單的存在著。所有讓我想到過去困苦生活的窮酸物質，都會讓我厭惡。我不屬於窮酸。

我問：你如何設想音樂？

她說：儘管我的音樂都是別人寫的，舞臺燈光和服裝都是專人設計好的。但是我非常知道自己，知道在什麼方面是我的優勢，在什麼方面是我的弱勢。比如任何特別暴露個性的音樂我都會拒絕。只有把自己隱藏在一種完全沒有個性的音樂中，我才覺得保險。所以我要求音樂格外簡單，簡單得一般人難以置信，加上我的服裝和燈光，就有了一種窒息的效果。這就是我平時內心的狀態。但是在舞臺上，由於我形象的力量，使觀眾完全被我征服了，他們以爲這種簡單中有很多的東西。

她接著說：簡單中的確是有很多的東西，在我的簡單的音樂裡，對不起，我說音樂是我的，是因爲只有我能夠讓那種音樂成爲一種東西。那種簡單聲音的力量，包含著我的抑制力，我一生的痛苦。一棵死草，它存在和死去的時候都不被注意，但是它包含了太多的痛苦和美麗，只有我會去注意它。只有像音音那種人會去追求思想，我不追求審美思考，雖然我看起來非常時尚。所有的事情只是如何存在，大多數人反正不會明白意義，只是在看新鮮，完全沒有必要去費自己的腦子追求審美意義。

你看著我的樣子，以爲我選擇麼？我就是喜歡逛店，昂貴和稀有，是唯一的標準。如果我的衣服顏色不對了，當然燈光師會告訴我，這是我的幸運。但是我有一點非常明確的追求，幾乎可以是我的人生哲學，只要我的衣服是稀有的，我這個人就是稀有的。

她在放鬆的時候，說個不停。

我突然又想起了最初對她的印象—一個非常懂得如何包裝無知的人。她這種特徵是很多出色的娛樂人具備的，附著在各種不同的生命上，比如別人的音樂，別人的舞臺設計，別人的時尚設計，別人說的話等等，她的本質透過那些生命的媒介顯得更加光彩。她最好的狀態其實就是不說話，讓音樂作爲唯一表現她存在的媒介。

我們走出旅館，在室外，她舉起照相機，給我拍照。看著她的鏡頭，聽著相機快門的聲音，我醒悟到自己在前一天是陷入了一種所謂的假迷戀，如同很多男人，以爲發現了什麼，走近了才看見是一片廢墟。除了她過去的童年苦難她什麼都沒有，也許她在經歷那些苦難的時候就已經死了。

又如同看見自己小說中的人物，在設法擺脫迷戀後的困境。當然現實中的我不是用謀殺來擺脫，而是當個小男人逃跑。

和嬋出去巡演的第三天：

我眞後悔答應音音幫助嬋，現在顯然走進了嬋的一個拙劣圈套，她用訴說苦難來引誘所有人爲她服務。

還沒看她的演出，就已經把評論寫完了，僅僅三天的時間，我已經完全對她失去了興趣。當然評論中儘量說她的好話，然後去她的化粧室把評論交給她，我想儘快離開這個地方。

她再次把自己包裝得精彩妍人。最新時裝襯托著她蒼白的面孔，再次顯出謎樣的誘惑力。她最好的狀態就是不笑，沒有表情，疑問般的眼光；最好的前景就是永遠不要剝去這些華麗的外衣，永遠不要暴露任何她的眞實。我看著她，再次看到我小說中的兇手也站在她的對面。對於眞正的謀殺者來說，拯救她的方法並不是終生廝守在她身邊聽她的無聊煩述，而是讓她的可憐靈魂立即擺脫肉體獲得重生的機會。

我也通過她認識了自己，我是個非常自私，沒有任何忍耐力和慈悲心的人，我不會殺人，但是也不會承擔愚蠢。我想在女人身上得到的是同等的活力、生命和智慧，是平等的生命和靈魂的交換，而絕不想把自己放進同情和忍耐的死海。

我把評論交給嬋，但是沒等到音樂會就走了。

我看到我小說中的兇手也跟著我離開了嬋。

然後我和我小說中的兇手開始對話：

兇手：你眞無聊，我如果來這裡還可以理解，不明白你在這裡幹嗎？

我：至少，此行讓我懂得了你。你由於迷戀而去謀殺的理由再不是空洞的了。

兇手：你明白什麼了？

我：很多謀殺者是迷戀者。由於迷戀某種樣子，引申到迷戀某個人。但人不是畫，身體中也許藏著和外貌完全相反的靈魂，靈魂發出聲音，伴隨語言或無語言，可能動聽，可能醜陋。聲音加重了迷戀者對迷戀物件的感覺，也可能會深深傷害迷戀者的耳朵。醜陋的語言，愚蠢的思想，難聽的語調，無聊的內容等等，都能尖銳的刺激到迷戀者怪癖的神經，以爲要追求完美，甚至有了謀殺的企圖。

兇手：對於迷戀者來說最不能容忍的就是看到自己迷戀的物件有過多的蠢行，蠢行可以誇張人的生理弱點。當迷戀者厭惡了物件，放棄感代替了佔有感，就有可能用謀殺來摧毀那無法擺脫的上帝缺陷。但是象你們這種沒有資格當謀殺者的大多數俗人，你們的迷戀情結又是怎麼回事？

我：對於我這種俗人來說，迷戀只不過是一種不可摧毀的空洞情結，迷戀上任何人或物，都可能改變命運，但最重要的不是結果，而是興奮的過程。眞正的迷戀是會使人付出生命的，可能沒有任何意義，只是爲了一種不可醫治的情結。迷戀，可能就是一種高度文明的病態，說好聽了，可以說成是凝練智慧的過程。迷戀使很多人的行爲成爲經典，儘管眞正的迷戀情結基本上就是一種自殺行爲。

兇手：自殺？把你說得比我高尚了，寧可自殺也不謀殺？削足適履，你有那麼高尚麼？說說你做的什麼事情可以算成自殺？

我：當然，爲了某種迷戀去折磨自己的生命，就是最典型的愛情自殺。緩慢而幸福，最後怎麼死的都不清楚。我覺得自己對音音就屬於此種愛情。比如每天坐在她的對面聽她練琴，絕對不能算是一種享受，大部分的時間那些聲音就是對我神經的殘害。但是我把音音這個人的所有一切都包括在自己的生命進程裡了，她日常生活的內容、她的缺點、她的音樂噪音……最不幸的是，她完全忽略我這種犧牲。

兇手：哈哈，如果是我，我先要殺的就是這個女人。

我：你是我創作出來的，所以你不可能殺你主人的命。音音是我的命。儘管她和很多別的女人一樣，喜歡浪漫，隨意對旁人產生戀情等等，但是我堅信我和她之間的命運聯繫，所以完全由她去。沒有人可以像我這樣偏執地迷戀她，別人和她之間的輕鬆戀情會順著生命的隨意發展而自然消失的，而我對她的迷戀只能隨著生命的發展無限誇張起來。迷戀必須是偏執的。

兇手：如果她看不到你對她的癡情，說明她只是個一般的女人！

我：這個我沒教過你，當你用偏執的迷戀愛著一個女人，你會忘記她本身是什麼人。

兇手：但是一個人一生會迷戀多少令人失望的物件？！怎麼能知道哪個是你的命呢？

我：如果迷戀很快能消失，那只能叫做假迷戀。假迷戀也可能是非常興奮的，但很快就會變成失望。

兇手：那你為什麼在小說裡沒有給我安排一些眞的迷戀情節？讓我也體驗一下？我不就成了一個更深刻的兇手了麼？

我：你做得到麼？找到一個眞迷戀的物件，給自己的情結找到一個內容，讓這個內容長久呆在情結裡。

兇手：比浪漫更極端，更……

我：固執。

兇手：愛情和迷戀相比……

我：顯得平淡。

兇手：假迷戀和眞迷戀的區別……

我：飛快放棄和死纏爛打的區別。

兇手：無論眞假都不是眞的……

我：迷戀是個到處游移的情結，永遠等待著內容。

兇手：那你幹嗎不好好享受你現在的內容？

我：音音？她是活在自己的世界裡，迷戀著她自己，無視我的存在。

兇手：你眞比我慘多了。

……

艾德的信就寫到這兒。

音音的腦子開始跟著艾德的迷戀理論打轉：我是他的迷戀主題，那我的迷戀主題是誰？是不是就是我自己？我對艾德和塞澳，哪個是眞迷戀？哪個是假迷戀？什麼叫永久迷戀？永久迷戀和永恆的愛情有什麼區別？看來我對愛情的要求還只是纏繞在最基礎的浪漫情結裡，一點兒也不偏執。我沒有別的女人那種家庭意識，也沒有艾德的迷戀怪癖，我只喜歡玩兒智商遊戲，包括情感也是智商的較量，也許這是我的怪癖。沖著艾德的行爲，理當和他分手，但是沖著他的迷戀理論，倒是讓我覺得有點兒好玩兒了。我們倆屬於同樣一種混蛋，除了彼此，誰還能接受我們這種無聊的自作聰明的 smart ass 誇誇其談呢？本來我差不多已經明白了自己眞正愛的人就是艾德，但是這個混蛋的作爲眞是讓我難以原諒。比如寄來這麼一大堆文稿是什麼意思？是坦白還是成心氣我？一邊顯派他風流，一邊表示爲我而死，還窮談什麼迷戀破理，這是什麼鳥人？是求愛還是找抽？

第七章
有一種殺人的方法大家還沒發現：貌似諧和的聲音。

1

音音買了棵樹回家，想開始培養自己的專注和專一情感，如果樹不死，艾德就能回來。她每天盯著樹發呆，生怕樹葉子發黃。正沉浸在這種新的生活內容裡，塞澳來電話了。

塞澳：音音？

音音：塞澳？你怎麼了？你的聲音好像變了？

塞澳：我回來了，但是起不來床……

他的聲音是沙啞的。

音音：出什麼事了？

塞澳：我就是希望儘快能見到你，和你好好聊聊。

他嗓子啞得出杈兒成和聲了。

音音：等著我，我馬上到。

音音跑出去叫了出租，一路催著司機抄近道，心裡想，我剛定下心來，這下生活又亂套了。但是，一夜的情人可能就是一世的朋友，這就是命呀。

到了塞澳住的地方，蹬蹬跑上樓去。又想，上次半夜來發瘋，怎麼沒覺得這樓裡這麼黑呀？怎麼好像臺階也高了似的？

塞澳的公寓門為了音音事先打開了，等音音進了房間，見到塞澳，更是出乎意料。塞澳瘦得像個鬼，一雙大眼睛睜得溜圓，好像有什麼東西在裡面撐著，叫他眼皮闔不上，眼球佈滿血絲，眼光充滿懇求，像是一個垂死的人希望得到赦免。

塞澳：我已經將近一個月沒睡覺了。

他美麗的身體半裸著在被單下，露出的肩膀明顯消瘦了。

音音：啊？那你還活著就不錯了。到底出了什麼事了？你走的的時候還是挺興高采烈的。

音音很自然的坐在他身邊。

塞澳：現在我最希望的就是睡覺，但是似乎永遠也睡不著，你能和我坐在一起把我聊死算了麼？

他的眼神異常溫柔。

音音：好，我就坐在這兒，你想說什麼都成，就拿我當塊海綿。說吧。

音音更像是一個老大姐。

塞澳：我睏死了，要是說完了眞死了，也値了。

音音：別這麼想，我給你倒些熱水。放鬆。

她站起來去燒了一點兒開水，端過來。

塞澳接過熱水，喝了一口，看著音音：別笑話我，當我的朋友，至少你知道我經歷過什麼。爲了擺脫你，我去了非洲，你肯定會說我選擇了最陳詞濫調的逃避方式，就是去海邊度假，聽海水聲音。你記得我們在一起排練的時候說過……

音音笑：海水發出來的聲音都是噪音，只有吃飽了撐傻了的理想主義者，會把大海與和諧觀念往一塊兒拉。

塞澳：我同意你的說法，但是我還是去了非洲的海邊兒。我去聽海水的振盪，聽海浪撲向岩石沙灘的暴躁，聽魚蟹貝殼在水裡搖動的紛亂，聽海風的呼嘯，聽所有不同物質不同運動的振動頻率共同產生的噪音，那眞是一個巨大的不諧和磁場。

塞澳用長長的胳膊和手指比劃著，好像躺在床上的舞蹈。

音音：哎哎，開個玩笑，你當時幹嗎不跳海算了？

其實她心裡驚訝塞澳怎麼可能把她說的話記得那麼清楚。

塞澳：別讓我笑！我現在連笑的勁兒都沒有了。

音音：我以爲你笑笑，就睏了呢。別太認眞了，你就睡著了。

塞澳：你聽我說，請別打斷我。

音音：好。

塞澳：海水的不諧和聲音是空洞的，空到了可以吞下去一個人全部的身體和思想。想像一個巨大空洞的聲音可以包含一個人全部的欲望和衝動，包含所有思想的啓蒙，這就是誘惑力，巨大而不清晰的誘惑力，讓人以爲海可以替你思想，替你解脫。其實自然什麼都不能代替，而就是一種麻醉劑，止疼藥。海水用雜音表示理解，把人捲進它的振動，來寬恕和思想，以爲這巨大的振動也包含了你所有思維類型的振動頻率，以爲它最理解你。但其實等你一離開它，就發現你的思維還是一樣的糊塗，因爲你自己不產生那種使多種思維可以共同振動的能量。離開了海浪的振動，你自己本身的振動頻率只能侷限到讓你從一個頭緒想到第二個頭緒，花了很長時間可能想到第三個，再想多了就累死了。這就是我陷入的困惑。我去海邊找自我，以爲找到了，結果回家來還是一片空白，聽音樂狂想，喝酒吃藥，跑步，臨時增加自身的振動頻率來尋找更多的自我，更多的答案，但是什麼都沒找到，只落下一個失眠症！

音音還是笑：我聽你說，覺得可以再發展出來一個新作品了！但是千萬不能以爲海浪就是你的思想，我們誰有海深呀？到海邊皺眉頭的人都是浪費表情！哈哈！你笑呀！我是在和你開玩笑，你太緊張了，想得太多了，放鬆一點兒，你就睡著了。

音音開始撫摸塞澳的額頭。

塞澳閉上眼睛：你是不是覺得我說的話太傻了？我從來沒有這麼認眞思考過什麼，所以一旦思考起來，就沒有頭緒。你知道我的亂七八糟的想法是從哪兒來的嗎？就是，不能和你在一起，是我人生最大的失望；和你在一起，是我人生中最大的痛苦。

音音嚇了一跳，無言以對。她看著塞澳，開始摸他的臉，理他的眉毛。然後慢慢說：其實我也正在經歷非常複雜的感情挫折，如果不是因爲這些複雜的感情經歷，我們的關係應該是非常輕鬆、親密的超級朋友關係。我非常喜歡和你在一起，可以說，我愛你，否則我們不可能在一塊兒的時候有那麼多激情。所以你一打電話我就來了，但是你要是看著我痛苦，還叫我來幹嗎？

塞澳：你笑話我吧，我有過那麼多女人，可以輕易的結束任何關係。你可能根本就不會相信我說的話。你聽著，趁我現在睏得頭腦發昏，說什麼都沒有顧慮，如果要是在我腦子明白的時候，我絕對不會跟你說明白我心裡想的，這對一個男人來說很丟面子。但是我現在反正腦袋是暈的，可能快死了，就顧不上面子了。沒有你，但是有過你，對我來說，都是一種自殺。我在非洲和各種女人做愛，希望通過瘋狂的欲望把你給徹底忘了。但是沒想到，得了失眠症。這不是一般的失眠，我完全不能睡覺，坐立不安，心驚肉跳，覺得有什麼情緒在我身邊讓我不停得興奮。剛開始，我試圖用海水聲來治療，讓雜亂的思想和混亂的海水聲一起湧動，就像是你的演奏，用雜念和噪音來給我的腦子按摩。我相信你的那種音樂理念——最完美的境界就是噪音集合的地方，因爲天堂和地獄之間的牆都被拆了。你和艾德怎麼可能在一起這麼長的時間？艾德能和你在一起，眞是不容易。他的腦子肯定像個馬蜂窩，一個坑裡裝一種思想，什麼情況都能應付，所以他能寫書也能應付你，但我不是作家，我不過是個自由的舞蹈者，我一輩子只重感覺和自由。認識你以後，你說的話，你的音樂，在我腦子裡成了一堆聲音……

音音微笑：噪音。

塞澳：對不起，如果是噪音，就是最美麗的噪音，最有魅力的噪音，是印度的音樂女神薩拉瓦提（Saraswati）發出來的聲音。

音音：咳，睏成這樣還知道拍馬屁？

塞澳：是眞的，你的聲音，你的磁場，無論是諧和還是不諧和的，對我來說，都是一種非常強烈的籠罩，這種神祕的磁場也許讓作家們充滿興奮和好奇，但是對我來說，好像在螫咬我的自由靈魂，雖然你對我沒有任何要求，但是你的磁場把我捆得死死的。我很害怕我會被你的磁場給摧毀。

音音：對不起！我眞的對你沒有任何的要求，只要求你完成這個作品！

她最後一句話帶著玩笑的口氣。

塞澳：我也得說對不起，我活在一個更矛盾的世界裡。現在好像滿耳朵裡都是聲音，渾身都是情欲，但是虛弱無力。

塞澳沒有笑的情緒。

音音：我眞是太對不起你了！我能做什麼來幫助你？不是用我的情欲磁場，而是用我的友誼磁場？

音音忍不住要自嘲。

塞澳：非洲人說是鬼纏身，但我沒在非洲接受驅魔儀式，我怕驅了魔連我的命都要了。我只想在死前再見你一面。

塞澳的神色格外的認眞，完全不受音音玩笑的影響。

音音很想親吻他，但是怕這樣一來他就更睡不著覺了，並且最近對艾德的懷念，讓音音更願意當心自己的舉止：你別說得這麼浪漫吧，你離死還遠著呢。

她又用調侃緩解塞澳的認眞。

塞澳只咧了一下嘴算是笑。

音音讓自己更安靜下來爲塞澳著想，她想到平時自己最喜歡琢磨的音樂能量和磁場的效果，沉默了一會兒，她很認眞地說：讓我想個辦法來給你催眠吧，也沒準兒咱們自己就可以做個驅魔儀式了。乾脆，我們把《生命樹》的排練變成給你舉行的驅魔儀式吧，我試著用最乾淨的聲音把你身體裡那些噪音給趕走。對，我去找所有的音樂家朋友來演奏，好像輸血一樣，把乾淨的振動頻率輸給你，你就會放鬆下來了。

塞澳：聽起來這主意不錯。你眞是我最好的朋友，我眞對不起你，《生命樹》的專案還沒做完，我反倒找了這麼多的麻煩。

音音：對擔心，和你在一起的所有時間就是我們的《生命樹》的創作過程，我們倆在一起的合作就是《生命樹》的證實，這專案不光是爲了演出的，而是我生命中的一個重要階段。如果我眞能讓你睡著了，比什麼演出都重要。

塞澳：你眞懂得怎麼做儀式麼？

音音：我又不是宗教領袖，怎麼知道儀式？但是音樂本身就是儀式。我相信好的磁場，如果所有人都希望給你他們最好的磁場，你就有了另一條命；如果我請來的音樂家們都把自己最純淨的音樂磁場給你，你不僅能鎭靜下來，而且會很快恢復健康。我還相信，在抽象的意義上說，在沒有任何獨佔的概念上說，我愛你。這種愛就是磁場。

塞澳：我也愛你。噢，也沒有獨占的概念。

兩個人會心地對笑，手拉手，手指緊緊交叉在一起，沉默了一會兒，然後緊緊擁抱，但誰都沒打算像情人那樣接吻，這就是友誼的信號，兩個人同時發出了這個信號。

2

音音在去舊書攤上的路上，沒想到會迎面碰見嬋。

兩個人面對面站住，打招呼。嬋穿著由五層很薄的不同顏色細紗組成的連衣裙，最裡面一層長得拖地，外面一層比一層短，風一吹，她像降落傘一樣鼓起來，但是神色格外沉靜。音音上身穿著白色針織衫，下身隨便的裹著一條非洲手織裙布，露出曬黑的細長小腿，光腳穿著皮拖鞋。兩個人的裝扮審美截然不通，但是目光相遇之後，神色都露出母狗般的警覺。

音音：你好嗎？

音音用冷漠的口氣表示關心。

嬋：我實際上不好。

嬋用坦白的的眼神露出哀怨。

音音：對不起，我最近太忙沒顧上給你打電話。

音音一條腿稍微撤後了一點兒，用動作在心理上和對方拉開距離。

嬋：你還記得你曾答應過給我再創作一套新的音樂麼？

嬋似乎感到對方的冷淡，但是用強裝著的微笑來緩和局面。

音音：對不起，我現在實在顧不上了。

音音還是保持著距離。

嬋：你要是再不給我，黛安馬上就開她的音樂會了。

嬋仍舊保持著坦白。

音音：沒關係，你們是老朋友，你就讓她開她的吧。

音音決定堅持冷漠。

嬋：她現在已經開始宣傳說，她是我所有音樂背後的製作人，由於我，她的音樂被扭曲了，這次她自己的音樂會將要向觀眾顯示這些音樂的本來面貌。

嬋用公開求援來表示友好。

音音：沒關係吧，你已經給了那些音樂另外的靈魂。

音音漠然處之，打算絕對不上套。

嬋：她到處對人說我沒有聲音，要我沒有用，所以她完全可以自己把音樂會做下來。但是那些音樂是因爲有了我的聲音和我的形象才使人們注意到的，你想想，沒有我，那些音樂能是什麼樣的？會是非常平庸的。

嬋開始失控的訴說了。

音音：她也會有她的風格吧。

音音還是依然做局外人。

嬋：現在她已經得到了最主流的評論。我只不過剛剛有了艾德的文章，和到現在還沒發表過的傳記。你看，這麼快，我就成了過去，還沒開始，就成了過去。

嬋仍舊用坦白靠近。

音音：既然你曾經愛過黛安，你就讓她得到些她要得的吧。

音音用話彈擊，迫使嬋後退。

嬋：我從來沒有愛過她！誰說的我愛她？

嬋被刺激後的反應就用推卸。

音音：是一個叫荊綬的人。

又用話彈擊。

嬋：荊綬給你打過電話？他是瘋子，不要理會他。

又用推卸。

音音：但是他還是爲你寫了傳記，你還是得感謝他吧。

轉換立場。

嬋：是他自己要寫的，是他強姦了我，求我收留他爲男友，說他可以爲我寫傳記，我是在幫助他。爲什麼我周圍的人都是小人，都不是善良的人？

讓自己變弱者。

音音：我覺得他們都不是壞人，只不過他們都是爲你服務的人，想用服務換點兒你的感情而已。

用中立保持距離。

嬋：他們應該知道我其實不需要任何人！他們所謂的幫助都是我允許的，允許他們用這種方式來靠近我！

被逼在死角上就得用傲慢的長劍。

音音：嘿，我以爲我是世界上最自戀的人，你的自戀更沒譜兒了！是你要求我請艾德幫助你的，然後是我說服艾德去幫助你的，艾德給你寫文章基本上是因爲我逼他的，你不能說艾德也需要你，我也需要你吧。我們倆不過是都喜歡你。

用冷靜的清晰。

嬋：喜歡就是需要。而且，艾德是愛我，他愛我，才會爲我寫文章，這你不知道，現在我告訴你吧，這也是他愛我的機會。但是我不在意他和我親密，這還是看你的面子。

用性感。

音音：他幹了你，得謝謝我，是嗎？

用刻薄。

嬋：你太誤解我了，看來你也不理解我，如果你覺得我是在利用所有的人，你也太不善良了！你和所有別的人一樣，表面看來友好、美麗，其實你完全沒有任何對人的善良和理解，我沒有對女人的同情心。你看不到我永遠是愛情的受害者，卻用社會的一般準則來判斷我。我不能阻攔男人對我的迷戀，不需要任何心計，他們就要爲我獻身，爲我困惑，如果他們能爲我做一些事情來換取一些感情的補償，是我的錯麼？他們想幫助我其實是在拯救他們自己。

艾德愛你，是因爲你的才華，但你不是個女人，我才是女人，所以艾德也愛我，我比你更含蓄，更女性，通過我，他才懂得什麼叫陰性。

撒開了說讓勝負難辨。

音音：陰性？你是指的陰間還是陰道？

譏、嘲、諷。

嬋：我不像你，我不會用說髒話取勝。我再三告訴你，他們不是幫助我，是我在讓他們爲我做事的時候，拯救他們自己。用他們的作品生育出我們共同的孩子。女、女女。

音音：你和艾德用作品生出來的孩子也打算讓我讚美麼？你們倆生下來的那篇文章名字應該叫「滿擰」。

用蔑視。

嬋：艾德的文字你沒有看到，儘管他對我的愛情是矛盾的，但他爲我寫的文字是世界上最美的。

用陰柔。

音音：但是將來你也會爲了要求更大的幫助，來詆毀艾德。黛安在音樂上幫你建立了形象，你爲什麼生怕她建立她自己的名義？你如果當初就不願意和荊緩在一起，爲什麼用結婚哄騙他給你寫傳記？

用人性準則。

嬋：請別用社會道德來衡量我好不好？你別以爲我沒有你們那種教養和才能我就是個一般的人。儘管你和艾德都喜歡我，但其實你們都不善良。你們自認清高，說話尖刻，思想瘋狂。你看起來美麗，但總是對人有尖刻的判斷，完全不願意理解別人的苦衷。你也別用那種精英準則來判斷我，我的準則比你的要智慧得多。你以爲我眞的羨慕你的才能和在乎你的審美麼？人活在這個世界上都是有報應的，報應不分高低貴賤、教育或智商，有很多懲罰是專門備給自以爲聰明的人。你等著吧。

用詛咒。

嬋的臉冷漠得如同白紙。走了。先收住話頭，晚上回家告訴自己就是上風。

音音埋頭走向自己要去的舊書攤，出門時那種懶散心情全沒了，後悔沒穿跑鞋和運動褲，這樣可以快跑著去買書，把剛才的場景給忘了。到了舊書攤，她設法把精力轉移到舊書裡去，但是看見所有的書皮上都有一張蒼白的女人臉。

3

黛安在演出前的一天，非常吃驚地收到了嬋托人送來的鮮花、祝賀卡，和一個錄音光碟。光碟封面上寫的是英文：with love（滿懷愛意）。黛安的心馬上軟下來，迫不及待的將光碟放進了家裡的專業音響設備，於是滿屋裡都響起一種奇怪的話語聲。是嬋的話語，但是沒有任何內容。

嬋在反復地說一種誰都聽不懂的話，沒有任何意思，不屬於任何語言範疇。她的說話腔調很像是一種敘述，似乎要說出多年前和黛安相識的時光，但語不成句。這使黛安非常想聽下去，希望至少可以聽懂一些詞，猜出一些意思來，或許是中文，或許是法文，或許是英文，但沒有一個詞是她熟悉的，據黛安所知，嬋不會說別種語言了。黛安開始恐懼，覺得嬋說的話很像是一種鬼魂語，或像鬼魂附體的人在自言自語，仔細聽什麼都沒說，不仔細聽好像說的都是眞言。越聽越毛骨悚然，越聽越壓抑，但還是忍不住要聽，嬋的聲音年輕溫柔，把黛安帶回到過去的日子裡，那些她和嬋之間最初體驗禁果的純眞時代。她的鼻子發酸，不是因爲聽懂了什麼，而是想到了一種過去了的感情，於是那些含糊不清似是而非的話語，成爲了她回憶的伴奏，她任憑著回憶賓士，愛情起伏，耳邊的聲音被自己的回憶附上了意義。那沒有頭緒的低語，使黛安進入一種紫色的幻覺，過去的故事飄來蕩去，過去的感情一直糾纏到如今：她從小在中國長大，和嬋在少女時代就成了密友，嬋嫁到了法國，她跟著回到法國，在嬋婚後她們仍舊可以如膠似漆。她們曾經說過的話，做過的事，沒說出來的話，沒做出來的事，恩恩怨怨，沒有完結。嬋的變化，是在變成寡婦後……漸漸地，回憶和嬋的聲音開始聯合起來，對黛安的頭腦發出攻擊，聲音把記憶的畫面撕成了碎片，記憶發出狂叫，撕裂開黛安的神經。她無法控制地意識到，嬋的聲音像是一種消磁的藥水，正在慢慢擦乾淨她對過去的記憶也包括她對將來的希望，那聲音甚至在消滅她對自己音樂的認識，消滅她對所有聲音的欲望，在一點點兒抹去她大腦運動的能量，隨著那聲音的延續，黛安開始虛弱起來，最後連關掉錄音的膽量都沒了，她閉著眼睛等待這漫長的錄音結束，然後徹夜發燒。

黛安的音樂會取消了，因爲她在聽了嬋錄音的第二天就住進了醫院。她耳朵失聰，頭疼和行爲遲緩，臉上開始脫皮。報紙上登載了這個消息和黛安的照片，她被形容成一個面臨自己音樂會緊張過度的病例，醫院認爲黛安的病是史上罕見的音樂憂鬱症病例。報導形容說，病人的臉一直在不停地脫皮，一片片像白牆灰似的皮屑隨時散落，造成症狀的細菌還沒被證實。但是病者本人固執地堅持說這個病症的來源不是憂鬱症，而是來自詛咒。醫生說，雖然病人從來沒有過憂鬱症的記錄，但是作爲職業音樂家，憂鬱症是最典型的專業病症，在沒有查出造成脫皮的細菌種類之前，目前只能作爲憂鬱症病人來治療。

報紙上還附了一張黛安在醫院的照片，她的臉就像是用蓬鬆的粉末組成的，看不到原來皮膚的跡象。

黛安事件馬上成爲了電視的熱話題，第二天，電視新聞裡就出現了黛安在醫院接受採訪的場景。她沖著記者說：我沒有憂鬱症，如果醫院堅持給我用抗憂鬱症的藥，我會上告醫院。我是被詛咒了，有人對我下了詛咒，但是我不打算揭發她。

電視臺的記者說，黛安的態度使醫院和警方都很爲難。在南美，由於邪教的儀式而造成的不可理解的疑難症有很多，如果黛安配合警方找到發咒的人，醫院也許可以考慮相應的配合方法來治療黛安；但是如果黛安既不配合揭發和調查也不接受醫院的診斷，那麼醫院有權利對她做精神病理分析，拿她作爲精神病人案例來治療。

第三天，黛安的消息就上了最閒話的明星小報。在報導中，黛安還是堅持自己是被詛咒的事實，但是絕對不說發咒的人是誰。

這樣來回的被報導數次，黛安的故事在讀者心中就越來越神祕了。然後有媒體詢問黛安是否希望再次發表音樂會，黛安回答說那詛咒已經把她對音樂的記憶完全摧毀了。沒有任何醫生能夠相信這種說法，爲了在精神病學和憂鬱症學，以及未知能量對人體傷害的研究等等作出貢獻，美國醫學界打算給黛安舉辦音樂會，洛杉磯一家電視臺也打算參與進來做現場報導，題目是：莫札特是死於憂鬱症或精神分裂還是魔鬼的詛咒？——一個音樂家的現身說法。

於是關於這個音樂會的廣告沸沸揚揚到處都是。

4

嬋聽說了黛安的臉皮化粉，音樂會失敗的消息，著實爲黛安傷心了一回：我的本意不是要這樣傷害你的，我不過是要讓你回憶我們的過去，我不過是想用我的愛情來幫助你實現你的音樂夢想。也許我的身上眞有非人的能量和磁場，能夠戰勝所有企圖背叛我的人。但我的本意是絕對不要傷害你的。

嬋看著報紙上黛安的粉末臉，流下眼淚。

但接下來的新聞都是出乎她預料的，黛安的失敗，使她成了媒體的話題，現在馬上快要成更大的音樂明星了。

詛咒，是天賦，是天賜的技能，是你死我活的殺場武器。

嬋的眼淚一乾，馬上回到詛咒的情緒裡。她早就知道自己有詛咒的天賦，她的經歷使她變成了一個美麗的黑暗能量代言人。那些被她演唱過的音樂，經過了她的氣息處理，統統變成了眞正的地獄之聲。表面聽來，那些音樂很像是在按摩室，瑜伽館，新時代宗教場所裡放的那類輕鬆的電子音樂，似乎在引導思維淨化，但其實，她的聲音氣息已經使那些本來就沒有營養的蒸餾水般的聲音完全變成了一灘灘地獄的死水，不僅沒有養分，還增加了怨恨的毒汁。

這些聲音的毒汁，一旦經過她的願望去針對某人的思維個性，就能變成可怕的詛咒。嬋認爲自己有權利詛咒，她也會不自覺地詛咒，因爲她一生對周圍人的怨恨是永遠沒有了結的。她外表平靜的性格，使她心中的愛和恨都找不到足夠的出口，她連穿衣服都喜歡把自己美麗的身體徹底遮掩起來，胸中的無數情結幾乎能把自己給憋死。對於黛安的音樂，她其實早有想法，覺得那平庸的諧和之聲根本不能表達她的情感。但是在音樂面前，她如同一個被栓了鎖鏈的狗，給什麼吃什麼，唯一的智慧在於，吃的是草，拉的是瓦斯。嬋用自己特殊的性格讓那些簡單的音樂變成了有能量的地獄之聲，在對死亡的想像中找到了感情的出路，和自慰的高潮，把所有的愛情和怨恨都引向對死亡的興奮。

嬋面對命運的殘酷，決定一生以沉靜、安然的死神能量詛咒來解決自己無法面對的困境。把詛咒放進安靜的聲音裡，面對生活，鞠著躬，舉起刀。

通過黛安的可憐命運，她再次證實了自己的能量，也更明白了在詛咒時，不能有絲毫的悔意。如果對詛咒物件有任何愛心和同情心，那詛咒不僅不會成功，還會反回過來打擊自己。黛安目前的處境就是自己發出的詛咒返回的結果－黛安不僅沒有徹底喪失音樂能力，反而成了人們最關注的話題，和最同情的物件，甚至隨之在音樂上將有更大的發展，說不定會有更大的製作人願意來包裝黛安和她的音樂，讓她成爲拯救精神受害者的最大慈善對象。這不是詛咒返回來打到了嬋的頭上麼？這應驗了古老的詛咒秘訣：你的目標如果沒被擊中，詛咒之箭站不穩腳，只有返回家來打擊主人。從這個教訓中，嬋明白要詛咒，必須要忍痛把對方置於死地。她的下一個目標就是荊綏。

雖然嬋願意把自己想得很善良，但是她極端的厭惡和恨透了荊綏，這個小男人，用幫助寫傳記的方法來騙取嬋對他一輩子的忠誠所屬，他從嬋這裡不僅得到過肉欲的滿足，也得到過金錢的滿足，現在還要嬋的終身自由。自從老丈夫過逝後，嬋就是一個自由女神的象徵，年輕有錢，無所不能，爲什麼要陷入任何感情圈套？她必永久擺脫荊綏的糾纏，變成一個眞正獨立的人。她開始有了一種創作的欲望，當她眞正投入創作的時候，她不受制於任何藝術系統。每當她開始自己的詛咒創作，都有一種孤注一擲的熱情，她的每一部咒語傑作，都使她的生活排除障礙而前行。這次她聘請了一個年輕的美國錄音師，指揮他製作一種只有她自己明白是什麼的音樂。她選擇了幾個音符做爲容器，在這幾個音符反覆重複的時候慢慢注入了自己的靈魂咒語，這些重複的音符乍一聽起來很簡單，但其實每一個音在重複的時候都有了一點點兒磁場的變化，由於咒語使振動頻率微妙的不斷變化著，如同在清水中看不到的細菌越來越多的積累起來。這個天才般的創作使嬋覺得自己再次把握住了人生，現在她誰的音樂都不需要了，任何聲音只要經過她的觸摸，就是她的，誰都拿不走，只需要幾個音符，經過她的氣息過濾，簡單的聲音就變成了咒語。

有一種殺人的方法大家還沒發現，但是嬋早就發現了：貌似諧和的聲音。

音樂製作完，嬋開始同意和荊綏朝夕相處。荊綏很興奮，以爲這回他總算是永久得到了嬋。但隨後他開始覺得格外的壓抑，因爲嬋根本就不說話，也不讓荊綏碰她，唯一對他好的時候，就是給他放一種奇怪的音樂。嬋說這音樂是她自己創作音樂的眞正開始，這是她自己生出來的藝術之子，任何想接近她的人必須先接近這個音樂。那音樂非常的簡單和諧，不斷的重複著，但每次重複的時候，都好像讓聽者的耳朵在漸漸發生變化，好像耳朵和聲音在拉開距離。這種音響不僅讓荊綬懷疑自己的耳朵出了問題，還讓他覺得頭疼。荊綬對音樂從來不敢非議，因爲他要保持一個上乘作家的形象。但是這段音樂開始成了荊綬的生活主宰，每當荊綬想對嬋大吵大叫的時候，嬋就沉默著放這段音樂。她不離開，也不轟走荊綬，荊綬對她所有的要求，都如同面對空山，唯一的回應就是這段音樂。這音樂裡面似乎有什麼非常奇怪的但是平靜的騷擾，聽多了以後就會感到腦袋發脹。脹大的腦袋隨即又吸入更多這種貌似諧和的聲音，聲音在腦子裡反復旋轉，就好像有無數的小蟲子鑽進了荊綬的腦細胞，使他開始慢慢感受到一種神經性撕裂狀態，進入幻覺、思維崩潰、記憶消失；再漸漸地，他開始心臟疼。荊綬是個愛算計的小男人，雖然心臟疼得驚悚，也不願意把回憶錄交出來逃走，分明感到自己已經陷入了嬋的詛咒，但還是不願意白白搭上那些文字。那些文字必須換來某種生活的實際保障，否則這幾年就白活了。他追著嬋在滿屋子裡大喊大叫，追上了，開始侮辱她，但是嬋一句話不說，只是讓房間裡充滿了那段音樂。荊綬的所有作爲在這個房間裡沒有任何結果，只有那音樂使他恐懼。他到底是什麼人？強姦犯？小人？還是一個偉大的作家？他覺得自己的腦仁子已經開始流血了，心臟也在被那音樂劈開。他害怕了，開始想逃走，但是還免不了要盤算是先要錢還是先逃走？他打開電腦，看著稿件，細細盤算著字數和錢的比例，突然，他的腦血管爆裂，死了。

沒有任何醫院可以診斷出來，他的死因是音樂。

5

給塞澳做儀式用的音樂基本上已經布局好了，要用的樂譜也寫好了，但是在精神上，音音還需要更多的準備。這個儀式不在於音樂的技巧，而在於音樂的靈魂。

她坐在客廳正中間的地毯上，在她面前擺著各種和明天有關的物件。

明天，將給她一個最大的生命和音樂的考驗，她將用自己的音樂和意念挽救一個最親密的朋友。在這個用音樂建造的儀式開始之前，她需要絕對的冷靜，她必須不聽任何音樂，而是冥想明天音樂可能會出現的聲音，她必須拋棄練習鋼琴的習慣，拋棄作曲的習慣，拋棄記譜的習慣，而是讓耳朵從音樂中出來，保持對聲音的潔淨。

她坐在地毯上，說是冥想，但腦子裡雜念旋轉，據說這是最好的冥想方法，就是什麼都想。沒準兒在哪個瞬間，你就會把所有的事情全想清楚了。

對明天的儀式來說，嘈雜顯示技巧的音樂就會顯得非常無聊。明天，在聲音上的任何嘗試都不重要，重要的是，什麼樣的聲音可以載入最好的氣場，然後把那氣場通過振動頻率輸入到塞澳的身體中，使他放鬆，忘記煩惱，進入安睡，醒來後又能恢復他原本的瀟灑，退還給世界一個唐璜。

她沒想到自己原來在音樂上有那麼大的侷限性。在她漫長的音樂生涯中，壓根兒就沒有注意到音樂最初的意義是拯救性命。所有關於薩滿教的傳說，今天都突然拉近了距離，馬上會變成眞事。如果音樂的能量眞的能救活或殺死一個人，那麼所有以前她練習的音樂是不是等於在浪費生命？

音樂是一個永遠塡不滿的黑洞，多少人生白搭進去了，多少音符在洞裡洞外盤旋著。每一分鐘的音樂要搭上多少人的時間去練習，才能讓那聲音完好的在世界上表現出來和存在著。音樂家爲了挑戰自己的智力和聽眾的耳朵，成天成月成年的練習著，反復琢磨那些短短的音樂句子，最後那些短短的聲音終於連接起來，好像是一幅幅中國古代的長卷字畫，慢慢打開，慢慢看來，漸漸的一幅人生圖畫展開了，原來上面只是沒有任何人文意義的古琴指法。

當人生聚滿了音符，當人的血液裡滲透了聲音，人需要的就是絕對的寧靜，如同長期喝酒的人，要不斷清洗身上的酒精。對於血液被聲音深深污染了的人來說，最好的修養是聽沉寂。無聲是最強悍的音樂。

在音音面前放著一個中國古代的銅器，它像是一個封死了的盒子，兩面刻著交尾蛇，蛇環繞著的是一個陰陽太極八卦圖。盒子裡面有些像粗沙粒似的東西，搖起來沙沙響。據說這是在千年以前道家做法事的器皿，這個形狀很少見，盜墓的人從一個古老村莊的家墓裡挖出來，沒有人知道它的原本用法，盜賊很輕易的就把它賣了，經過了多少人的手，最後到了蘇格蘭，到了艾德的手裡，艾德做爲訂婚信物，把它送給了音音。

音音有種手指上的直覺，不僅在鋼琴鍵盤上奔狂自由，任何物件到了她手裡，都可以摸出這個物件的能量和故事。她把這個銅盒捧在手裡，感受著千年以前的振動。盒子裡沙沙的聲音是什麼？是不是這種沙沙的聲音眞可以驅走魔障？還是在這個古老的法器中其實盛的是更老的一位先師的骨頭渣兒？音音拿著這個銅盒子搖來搖去。沙沙，沙沙。

這個聲音把音音帶進了一種迷幻狀態。似乎有個巨大的天體在向她發問：在你的生命中，什麼曾經是最重要的？你的最愛是什麼？你每天想到最多的事情是什麼？

音音一時答不出來，只想到兩個字：音樂。

那巨大的未知天體開始說話：如果所有的事情、所有生活的內容都是音樂，你就如同根本沒有在人間活過一樣，你的生命過程只不過是在飛快地滑過一個不留痕跡的溜冰場。

音音：對我來說，人生過得並不快，而像是一個塡不完的大窟窿，如果什麼都不做，這個大窟窿眞是太大了。我知道畫家每天能看到自己每一筆觸的進展，但是音樂的進展只有音樂家自己知道。這就是音樂家的眞正生活，但不是所有做音樂的人都明白這件事，很多人以爲音樂是一片光環，我知道音樂是完全不存在的故事。由此，我安於其中。

未知天體：無論是陳腐的還是標新立異的音樂，最後都會散落在思維的黑洞附近徘徊，或者馬上被黑洞溶化，或者在洞外打轉兒，所有的聲音都載著數千年來人類的徘徊不安。

音音：如果你知道一切，你能告訴我這個陌生的法器是什麼？你看這上面那些簡單的圖案和工藝，是不是爲了安慰人類不安的靈魂？

未知天體：上面所有凹凸的地方都是智慧布下的騙局。因爲那些符號和圖案的本意根本不是為了吉祥，而是先知的祕密日記。

音音嚇得猛醒過來，看看手裡的銅盒，搖搖，沙沙，沙沙。環顧四周，自己仍舊置身於這個愛情的小屋。愛情在音音的生命中到底占了什麼樣的位置？她又進入了另外的一種恍惚，開始在冥想的荒野中尋找艾德，找不到他的身影，她覺得眼淚要掉下來了。艾德，你在哪兒？你是我唯一思念的人。突然，艾德的身影出現在冥想的廢墟中，音音追上去，看到艾德變成了一堆細節。她又馬上睜開眼睛環顧現實中的四周。

看，現實中，到處都是艾德。艾德的書桌，艾德的文具，艾德的衣服，艾德喜歡收集的小物件，艾德喜歡吃的罐頭，艾德喜歡看的書……當艾德這個人沒了，他的東西開始聯合成一個整體，組成了千變萬化魅力無窮的作家艾德的留影。但當所有這些東西附屬于艾德這個活人的時候，艾德使這些物件變成了非常繁瑣的存在——這個屬於五世紀，那個屬於十八世紀，這個來自手工，那個為了簡便，這個品牌顯赫，那個是來路不明的破爛兒……都圍著艾德，塡補著他的存在。艾德，其實是什麼？一個高大的男子，隨時表現出男人的好與壞脾氣，好與壞嗜好，好與壞氣味，好與壞習慣等等，加上那些圍繞著他的過多的物件，分裂成各種奇怪的細節在騷擾音音對艾德的判斷。永遠不可能明白艾德的審美，各種相反審美的物品紛紛能擠進艾德擁擠的收藏，什麼都可能是艾德愛不釋手的寵物，憑著他的收藏，你可以每天對艾德有一種新的理解。只有音音曾無視他的多面性，而把艾德變成一幅漫畫對待——一個男人與他的等等等等。這些等等等等就是音音曾經最感到煩擾的事情，就是擱在音音與艾德之間的雜物場。塞澳的一個優美動作就能說明塞澳的一切，而艾德哪怕寫一本書也並不代表他的任何本質。

艾德，你是不是把眞實的你藏在這根鋼筆裡了？還是這把獵刀上？還是在這個銅盒的沙沙聲中？還是在那些罐頭裡？

所有散落在艾德身邊的物件都能代表艾德的一個側面，除此，它們存在的意義就是一個雜貨鋪。艾德永遠要把自己藏在一個自己營造的古玩雜貨攤裡，他那充滿鄉紳趣味的書桌和書架上擺滿了各種古代的破爛兒。當艾德不存在了，這些破爛兒在音音的眼裡突然變成了有獨立性格的寶貝。它們的價值就在於承擔和分享過艾德的祕密。

而音音，人生對於她來說就是一場空洞的儀式，她從來沒有想到過要抓住任何物件，也沒有想到過要抓住任何人。

她停止環顧，想到自己要面臨的事情。她眞希望可以遇到什麼更高明的師傅指點她一下，關於現在，關於明天，關於儀式，關於命運。

她搖動銅盒，沙沙，沙沙。

幻覺又來了，這回不是未知天體了，是個黑衣的女人。

黑衣女人：你經歷過人生挑戰麼？比如生死危難，你死我活？從人手裡搶過飯碗？從人懷裡奪走心愛？深深的失落？深深的被傷害？身份困惑？愛情迷失？

音音：我永遠在迷失中，因爲愛情是飄來的音樂，停留了，纏繞著，疏忽時會飄去，牽掛時又拽回來，但音樂總會有終止。人生就是游絲，游來蕩去，風吹就斷，失落有什麼用？

黑衣女人：如果認眞不是爲了自己，而是爲了別人，就更有能量。承擔是最勇敢的行爲，比情欲偉大得多。

音音：我還以爲把游絲抓緊是小女人的行爲，鬧了半天，是爲了偉大的承擔精神。也許這就是我最缺乏的。

黑衣女人：有時人生需要的是能量集中，而不是玩弄概念。

音音：拋去意義，我們怎麼能擺脫最基礎的愛情佔有感？還有那種永久要置於迷戀當中的情欲？迷戀使人活下去，感覺使人飄飄然，情欲使人上天堂。而音樂家生活中最大的樂趣就是能用音樂來保持永久的迷戀和飄然，在語言不存在的情況下，偷情可能就是迷戀的最高峰。但是這個最高的無人境界－這個蔑視常理的最高境界往往給人帶來的就是一個零狀況。比如，愛人沒了，情人成了朋友。哈哈。

黑衣女人：感情上所有的興奮如果都只歸結到一個共同的危險結果——佔有欲，那麼無論對異姓還是對同性顯然都是最無聊的結果。

音音：爲了塞澳，我必須走進一個陌生的音樂世界。這個世界不需要技術，但是需要我百分之百的進入迷幻狀態。

黑衣女人：你必須爲願望製造一個磁場，把願望放進去，然後加大願望的能量，使願望膨脹，放射出去，進入到塞澳的身體中，改變他的磁場。

音音：我能有那麼大的能量麼？我從來對任何人任何事都沒有要抓緊的狀態，一貫的放鬆狀態也許會影響我的精神去製造一個巨大的願望磁場。

黑衣女人：好好看看你手中的樂譜，讓你自己的靈魂走進這些符號中。

音音從幻覺中走出來，開始看自己精心設計的儀式樂譜。樂譜上劃著很多抽象和具象的符號，來提示明天音樂家的行爲。有鼓，鑼，簫、尺八、水、橋、山、節奏、雲彩、音色、圖騰、能量、咒語等等各種符號。

她坐在地上，看著樂譜，拿著銅盒不停地晃。沙沙，沙沙。

第八章

你要求我改變，等於是想和你自己結婚。

1

塞澳儘管閉著眼睛，但是因爲鎭靜不下來，眼皮不停地跳。

隨著一種很奇怪的沙沙聲，塞澳開始神智飄緲。水聲不知道從什麼地方傳出來，好像有山泉擦耳邊而過，然後又飄來鼓聲。

鼓聲很深，從遠處地下冒出來似的，惹得群山呼應。

我不過是躺在自己的公寓家裡，但爲什麼周圍的聲音使我如置荒野？我到底是身在何處？塞澳非常想睜開眼睛看看，但是眼睛怎麼也睜不開，隱約記得是音音請來的一位中國醫師，在一定距離外沖著他指點了幾下，他就馬上睜不開眼了，然後聽到了沙沙的聲音。他的身體像是漸漸陷入進一個巨大的氣球裡，動彈不得，但是聽覺變得格外敏感，各色聲音開始在周圍環繞，把他從一個幻境領向另一個幻境。

又是一聲低沉的鼓聲，隨後有中國簫在頭頂上空高高的地方輕輕吹出一句清氣繚繞的調子。一會兒，簫聲變成了鷹的翱叫，很高很高，盤旋著不去。

鼓聲漸漸多起來，越來越整齊的在低音頻率上敲擊，鼓手在拍打鼓皮上不同的位置，使鼓聲變化起伏。鼓心的聲音沉重空洞，深不可測，隆隆一片猶如從地下升起的濃霧籠罩了塞澳的腦海。他眼前出現一片黑壓壓的海水，和海上飄過的濃雲，黑浪捲動，很像一幅不安的圖畫。思維是完全沒有頭緒的，一片片畫面不停的閃過，沒有任何原因，也不知道後果。身體如同一條動盪的船，穿行於各種景象，靈魂在身體上空飛跑或疾走，辨認不出地點，沒有同伴，沒有目的。塞澳看著腦海中一片片的荒原和大海，問自己：為什麼我在這兒？這是什麼地方？下一站是什麼地方？往前走會看見什麼？我現在是誰？再走，再走，總找不到一個落腳之處，只是昏然的一片山水。

鼓聲隆隆，開始有高有低，塞澳雖然腦子發沉但是聽覺更加明確，他們現在是在敲擊不同的鼓。有非洲鼓，有亞洲鼓，但是沒有軍鼓。想起軍鼓，他突然想笑，因為想到他聽了軍鼓聲會馬上站起來跑步，但是笑不起來，臉好像也麻木了，身體變得更加沉重，那一大團氣體越來越緊緊地籠罩著，好像把他全身所有能移動的肌肉都凝住了。他思忖：我不會就這麼死了吧？他覺得窒息，但又好像是沉到了海底，變成了一個巨大的海底動物，在睜大眼睛看著周圍黑黑的一片。他知道自己的眼皮其實早就合上了，現在所有的景象都是在用腦門裡的那雙內眼在看。在腦門的內眼前有另外的一個世界，在這個世界裡，景色變化多端。當他看到自己沉入到深海底，就看到各種游來遊去的深海魚，看到海草浮動，最後這些海草似乎都長在了他的眼睛裡，在合著眼皮的眼球上左右搖擺著。氣體的份量更加沉重，他覺得自己的呼吸好像已經完全停止了，身體動彈不得，如同死人。鼓聲越發低沉，然後聲音變得朦朧，成了一片混響，在漸漸地離他遠去。

塞澳希望音音此時能守在自己的身邊，萬一這眞是死亡的前兆，至少這一生的最後一刻還不太孤獨。但是他聽不到音音的呼吸聲，再仔細聽，連他自己的呼吸聲也聽不到了。

我是要睡著，還是在死去？如果睡著了，會不會在夢裡死去？我還能醒麼？醒後會是哪天？醒後還能舞蹈麼？身體會變化麼？思維會變化麼？我還是我麼？如果就此死了，那還有什麼可擔心的呢？唯一要擔心的是，死後的靈魂是從頭上飛出去還是從屁股下面飛出去？無論它怎麼脫離身體，最後總是要從高空上往下看，才能看到自己的屍體吧？我這一生的結局是不是很可笑？讓一場自以爲很嚴重的愛情給嚇病了，讓一群冒牌的巫醫把我給治死了。搞音樂的人總以爲聲音是無所不能的，對外人來說這非常荒謬。擊鼓能讓人睡覺麼？能給人安神麼？擊鼓要是能安眠，人發明安眠藥幹嘛？如果連安眠藥都不能讓我睡過去，擊鼓又怎麼可能讓我鎭定下來？也許鼓聲的作用是，把我的神經給震麻木了，把我的思維從腦袋裡給震出去了，最後就把我的靈魂給震出體外了，所以部落人用鼓聲招魂，音樂家們相信聲音。音音用鼓聲把我靈魂中的情結給震散了，現在我關心的只是睡和死的區別。最好還是睡，而不要死，即便這個身體沒有了情欲，畢竟還是美麗的，別早早就甩了它，放棄了我這一生受到的命運恩賜。但是萬一我還是不能入睡呢？象個植物人一樣躺在這裡，旁人看起來覺得我就是活屍，我卻被千萬個思緒折磨著。可能植物人和我此刻的體驗是一樣的，兩個並行存在的世界被痲木的身體分隔開，同時換著畫面。比如外面的世界鼓聲轟鳴，而身體裡面的世界卻寂靜如海底！已經過了多長時間了？現在我對於身外的世界變化沒有任何反應能力了，儘管腦子還在動，耳朵還在聽，但是連手指都懶得抬一下來表示我的意見了，他們好像都走了，音音也不在了，四周非常寂靜，可是我還沒睡著呢。

然後他聽到那個奇怪的沙沙聲。沙沙，沙沙。

之後，眞靜下來了。

突然，塞澳聽見自己右耳朵裡有個細小的聲音開始鳴響，隨後那個聲音從耳膜裡向外面移動，迅速飛出了耳朵，在他耳邊徘徊著響了一陣，然後飛遠了、更遠了，好像是一個長了翅膀吹著口哨的小精靈，離開了他的身體。

他腦子裡嗡了一下馬上就睡死過去。

2

《生命樹》的演出成了當天紐約藝術家們的話題，因爲所有曾參與爲塞澳催眠的音樂家們都自願參加了演出，他們還叫來了他們的朋友們，朋友們又叫來了朋友們的朋友們。於是這個演出就成了一次大聚會，不用發請柬，也不用付演出費，臺上台下都是參演者。觀眾們聽說這個專案已經從音樂舞蹈表演變成了催眠儀式，又變成了一個生命慶典，就蜂擁而至，演出還沒開始，觀眾的熱情已經足夠上街遊行了。本來這個節目是個在小劇場的演出，但自願來的音樂家們太多了，自願來的舞蹈家們更是不少，劇場不得不讓大部分演員在台下表演。觀眾比平時來的多了幾倍，場內人滿爲患，劇場只好把門打開，讓後來的觀眾站在門外聽。但是門外的觀眾也越聚越多，劇場只好把通向街道的門也打開，讓再後來的觀眾可以站在街上聽，門票也免了。過路的人看到小劇場有這個場面也都站下來看熱鬧，結果小街道也被堵得水泄不通。只有在紐約，允許這種狂歡的場面，臺上台下，演員和觀眾都興奮得不可遏制，最後連主要在臺上演出的塞澳和音音，也棄台加入了人群。整個演出的場面使演員和觀眾分不出界限了，鼓聲使全體的觀眾手舞足蹈，最後眾人呼叫著，走出了劇場，走上大街，大街上的人也跟著加入了舞蹈的行列，《生命樹》眞正成爲了一種自發的生命儀式。音音穿著白色的薄棉紗長袍混在鼓隊裡，學著塞澳的舞蹈姿勢，塞澳半裸著身體，只有在下身纏著白色的棉布，更顯出他渾身的肌肉線條和棕色發亮的皮膚。他不停地舞蹈著，再次找回了天人的體力，成爲了整個儀式的中心。儀式人群漸漸移向街心廣場，人越聚越多，到了廣場，大家停下來圍成圈兒，狂舞不散。音音的情緒被這場面給激發到了極端興奮的狀態，第一次感受到靈魂不受身體束縛，身體也不聽靈魂的管教，自己在變成另外的一個人，輕飄飄地，沒有任何知覺地舞動著，沒有任何理由的興奮著，正在這種完全不需要酒精或藥物來輔助的最高境界，突然，她看到了一個熟悉的面孔，是艾德！這是否是《生命樹》創造出來的另外一個奇蹟？不顧推理了，音音飛快地撲向了艾德。

3

荊綬在臨死前沒來得及關上他那密碼複雜的電腦，所以他的稿子在沒有密碼的情況下很容易的就被嬋拿到手了。嬋把稿子寄給了一個可以自己花錢出版的出版社，出版社很快就把書印出來了。

首印二百冊，嬋自己買下了一百冊，這是有眞正出版號的印刷品。

嬋現在每天花很多的時間把傳記一頁一頁撕開，用手做成一個紙的傳記「地毯」鋪在地上。她要讓每個來訪的人都可以看到傳記的每一頁，所以要撕開兩本書，才能讓反正面的所有頁數都朝上，鋪在沙發前面，坐在那兒喝茶的客人眼睛一低就非看見它們不可。

她邊撕邊剪貼，一種對自己命運壯烈悲哀的情緒油然而生。

她一生値得憂傷，沒有過任何家庭溫暖，儘管從小天生麗質，但直到結婚後，才能把生活方式安排得如童年時幻想的那般神祕和高貴，才能任意買下所有想得到的感情和物質。

看，這是美麗母親的照片。母親從來沒有在照片上張嘴大笑過，神祕的眼神，冷酷的表情，不願對命運苟同。

嬋沒見過母親本人，這個美麗的女人不甘心當小職員太太，在生下嬋之後就把自己再嫁出去了。她現在住在美國南方海邊，但是嬋從沒有過去看她的願望。在嬋繼承了丈夫遺產和歌唱小有名氣後，母親曾經要求見嬋，嬋拒絕了。現在要這個母親，似乎沒什麼意義，她已經讓自己的神經適應了一種新的環境，她的感情有獨到的方式，不存在任何酸情，酸話都是假的，把自己的情感凍結到很深的角落裡，蔑視激情，更不會傷感，她如果用很天真的口氣和人對話，那不過是她給自己訓練出來的風格。她絕對不會讓人感到她內心眞正的悲哀和冷漠。

傳記中有嬋的亡夫年輕時代巨大的照片，而和嬋曾經朝夕相處的丈夫和照片裡的那個年輕人完全沒有什麼關係，生活早就把老丈夫年輕時代的所有風流全部提前預支了，嬋得到的是一個坐在一堆錢上的男人軀殼，是嬋的存在使那個男人再次存在。

嬋看著亡夫的照片，想到的是她生活中出現過的所有男人。她需要性愛麼？不需要。性愛使她困惑。那種身體上的享受，使她忘記了眞實生活中所有需要的裝飾。你不再是別人眼中看到的那個特別的人，你不再眞正貴重，所有穿在你身上的那些標誌著物質雄厚的象徵都被拿走了。你有一身和別人一樣的皮，蒼白的裸露著，你呻吟，和別人一樣，你半睜半閉著眼睛，熱氣從胸腹深處冒出來，欲望蒸騰，也和別人一樣。欲望帶著你到了一個不可探知的境界，在那個境界，所有的歷史和未來都是不存在的，只有要去捉住某些最蒸騰的瞬間，那些無可奈何的快樂瞬間，那些和所有人都一樣的、不需要任何物質點綴的、不需要文化和地位點綴的瞬間，那些完全沒有隱瞞沒有私心的瞬間，那些最可怕的高潮，當全身的神經都被情欲振動到極度，它們突然爆發，共同振動，讓所有的汗毛孔瞬間全部同時張開，不可遏制的興奮湧上頭頂，漫及全身，一次，再次，再次，控制著人的扭動，挑動著人的瘋狂，她不再是神祕的影子，不再象徵死亡，而是活生生一個要求撫摸的女人，這是可怕的勾引，這是深淵，這是騙局，是身體給自己設下的圈套，它逼著你投降給欲望和愛情，逼著你顯露原型，逼著你在高潮之後重新建立那個華貴的幽靈形象。

不要，不，不不不，她恨情欲。她不需要任何眞實暴露自己的方法，因爲上帝在處處都顯示了對她的不公。當她暴露，她馬上就會受到傷害。

她看著自己美麗的照片：這些都是無可挑剔的舞臺劇照，但是沒有一張可以顯示出我和音樂的關係。即便我可以使所有的音符都改變磁場，但這在照片上是看不出來的。即便我的咒語百發百中，那些膚淺的音樂家們仍舊會攻擊我的音樂技術。

那些所謂眞正的音樂家，隨便的賣弄才能，肆意的揮霍音響，讓不諧和的音樂充斥了世界，作爲他們感情爆發的出口，而普通女孩子的眞實性情只能掩藏在平靜的情緒裡。我相信自己比那些音樂家們更敏感，更具有藝術氣質，只不過我沒有更多的方法來訴說，這是世上大多數人的處境，我們由於沉默而深深的傷害著自己。我們每天受到自己和外界的傷害，每天受到靈魂掙扎的懲罰，但是我們沒有機會，沒有受到教育來找到最合適的方法來發洩我們心中眞正所想。

我最喜歡這張年輕時代的黑白照，只有半邊臉在光線下，剩下的半邊臉完全是黑的，所有的細節都被粗暴的曝光技術給毀了。

有誰的內心是眞正平衡的？難道世界上只有我永遠不滿足？難道自由發洩情感的權利只有像音音那樣的演奏家？如果命運沒有給我提供足夠的才能來自由發洩情感，難道我還不能自由地運用我的詛咒才能麼？

這個世界的享受並不屬於所有人，但另外世界的能量是屬於所有人的。如果音樂家藝術家能夠在兩個世界之間調動能量拯救自己，我就能調動意念來打破人們平靜的心靈。我的所作所爲都是出於善意的，讓世間知道羸弱女子的能量。

使我胸中鬱悶的原因，正是因爲世上存在那些自由發洩的人。每個人都有很高的追求，爲什麼有些人很容易實現願望，而像我這樣的人要費這麼大的力氣才能實現一點兒理想？是我要的多麼？

我要的不多，我的眼神從小到大沒有變化過。我受了多少苦，才得到了所有從小嚮往的東西。由於這個追求的過程不易，我才會給自己定下非常嚴格的要求。終於有了，丈夫留下的錢，黛安幫我建立的名，艾德寫的專業評論，荊綬寫的歷史記載，讓男人女人都認爲我是一個謎，每秒鐘都讓人們感受到我的特殊存在。

書一張一張撕下來，鋪好，我的人生在我的眼前天天重演著。即便如此，爲什麼我還是覺得壓抑？更加覺得壓抑？

也許就是「自由」二字使我壓抑。只要有這兩個字的存在，就是對我人生的否認。我沒有辦法自由。我怕熱情，我怕裸露，我怕瘋狂，我怕失去。

如果不是被艾德蔑視，我不會對自由創作的藝術家們有這麼強烈的仇恨。音音和艾德以爲我不知道他們對我的看法，以爲我是個傻瓜，以爲我僅僅是要利用艾德，他們不知道我從艾德對我的態度中受到過多大的傷害！他們以爲我眞正在意的只有那篇評論文章麼？在和那個男人親密交談和做愛之後，馬上得到了蔑視！他看到了我的眞實，然後否認了我。我堅持對音音說艾德愛我，其實是說給自己聽的，我不想繼續傷害自己，所以就用裝傻來欺騙自己，也用裝傻來傷害音音。有誰能知道我一生受到的傷害有多大？所有我想要的幾乎都要用我的身體交換。艾德是我眞正動心的，平等的關係，但他最蔑視我。我能不詛咒命運麼？我能不詛咒周圍試圖傷害我的人麼？我的詛咒融彙了所有我的才能，我的敏感，我的欲望，我的追求，我能調動這世界上所有利於我的磁場來使我的詛咒成功，我相信詛咒比智慧要有力量，因爲智慧的人是不設防的，那些所謂自以爲是智慧的人，其實最後都會被詛咒制服和鎮壓。我將把所有我表現出來的音樂都變成詛咒，我將把我一生的能量都放在詛咒上，我要看到底是你們的才能勝於我，還是我的詛咒勝於你們。

她覺得心中一陣攪疼，但腦子卻格外清楚。

4

音音和艾德如同兩個初戀情人，在街心廣場見面之後，兩人關在家裡十天沒出門。最後一天，他們決定登記結婚。

艾德和音音的婚禮在曼哈頓市政廳結婚辦事處舉行。證婚人是個不認識的街頭音樂家，艾德給了他二百美元，買他一下午的時間，還送他一身西裝。一大堆人坐在婚禮儀式室外面等著叫號，好像在醫院裡等著就診似的。音音和艾德本來已經緊張得發抖，證婚人坐在那裡不停地用練習指法來消磨時間更讓他們看著緊張。艾德等待這個結婚的瞬間已經多年了，他知道，最適合自己的伴侶，他一生最愛的人就是音音。但是不知爲什麼，現在，這個瞬間馬上就要發生了，他的頭髮矇。

迷戀，如何繼續迷戀？當迷戀的物件成了老婆，如何每一天都能看到迷戀物件的精彩？不可能！根本不可能！除非音音不是人。哪怕是物質，每天把玩之後，看完這個物件的所有邊角，還有什麼要看的？當然，還有體驗那物件永遠不可消除的能量。音音的能量每天都在變化中，這是爲什麼艾德不擔心會對她厭倦。但是這每天變化的能量，一旦非常肯定的將要在自己的生活中變成固定的振動頻率，自己還能像以前那樣去耐心聽那每天殺害自己神經細胞的亂糟糟的即興鋼琴聲麼？音音的音樂由於火氣太大，動聽的旋律往往一閃而過，還沒來得及讓人感動馬上就用一片躁動不安的音樂給蓋上了。這是她的智慧，但是整天坐在那裡聽她練習這種智慧的傳達方式，並不見得是享受。即便每天耳邊時刻都在響起最最智慧的哲學宣講，那些智慧也就變成了一種侵略，自我將不存在。

艾德拉過音音的手，想通過感覺她的存在來確認自己對她的感情。

音音轉過頭看著他：對不起，所有的一團亂糟都是我的錯。

艾德：別這麼說，也都是我的錯。我不太明白你想要的。

音音：我自己也不明白。

艾德：我現在覺得明白了。

音音：明白什麼了？

艾德：普通生活對於你來說就是自殺。

音音：我自己也不太明白，可能是想得太多了，又不知道生活是怎麼回事。我想要的是永遠興奮，永遠像用藥了一樣。可能這是音樂家的問題。比如你看他。

音音用眼睛示意那個街頭音樂家，他旁若無人的憑空練習著薩克斯風的指法，你能看出他腦子裡在想像這些聲音，面部表情好像一個精神病人。

艾德：這也就是我們之間的問題，我給不了你這麼多的興奮。

音音：不對，我們的性愛就像是吃了藥似的，這也是我老想要的。

艾德：但是我們不可能老在幹呀。

音音：除了我的音樂，你能想想我們用什麼方法老是在興奮中嗎？

艾德：我想不到。你的音樂使你興奮，但我不能老停留在你的音樂興奮裡，我只有看書寫書的時候才興奮。

音音：我知道。但是我們得想個辦法，否則我們又回到從前，再會厭倦。

艾德：這不是我的問題。我的愛，是你要學習怎麼在令人厭倦的普通生活中過下去。

音音：永遠不會的，我永遠不會的。寶貝兒，我要讓我們的關係永遠不會厭倦。

艾德：我的最親愛的愛！

艾德的口氣開始譏諷：這就是我們的問題，我做不到讓你完全不厭倦。我必須要有我自己的生活方式，我自己的生活方式就是思想。我的工作和你的工作完全是相反的，我的工作要求絕對的平靜，但是這麼多年來，我一直在忍受你的噪音。你能想像這對於我來說等於是自殺麼？

音音：啊？我完全沒有想到過！鬧了半天我是在殺你？！要是你覺得我是在殺你，為什麼你要忍受我？為什麼你早不告訴我？

艾德：所以我要買一個大點兒的房子來解決這個問題，但是你覺得我俗！你不願意考慮這種事情，可是你佔據了我所有的空間，讓我不得安靜，我什麼都沒說，你倒是先煩了。

音音：我已經說了對不起，但是沒想到你買房子是因爲你受不了我的音樂。那你和我在一起的時候，覺得我太鬧嗎？太沒思想嗎？

艾德：我愛你，你知道。我只不過要比你考慮得周到一些。

音音：其實你也是在謀殺我呀。你自己覺得是在照顧我，你不知道你這種照顧我的方法不是我要的，我是要你和我一起興奮，但是你只想照顧我，別的女人可能需要一個男人的照顧，但是對於我來說，你的照顧等於是對我的謀殺。

艾德：什麼？

正在這個時候，婚禮儀式室裡走出來個人，叫著他倆的名字。

他們互相看了一眼，走進那個結婚宣誓的小房間。

「不論窮富……一生相依……」他們跟著婚禮主持人念。

然後，兩個人很感動得拉著手走出婚禮儀式室，非常感動得感謝街頭音樂家當證婚人。剛走出市政廳結婚辦事處門口，就有街頭照相者過來要給他們照合影。合影完畢，馬上就能得到照片。照片上是一對完美夫妻。

兩個人手拉著手，決定散散步，接著聊天兒。

音音的頭非常幸福得靠在艾德的肩上：剛才說到什麼？你看我們在一起多好，沒有任何人比我們更好了。我現在感覺特別好。

艾德：我一直都是這麼說的，你今天剛說。

音音：不是，你總是說話和做事讓我吃驚。比如你剛才說什麼？我用音樂謀殺你？那眞是最荒唐的話！

音音的頭開始抬起來。

艾德：我們最後說到的是，你說我的照顧是對你的謀殺。我不想繼續說這個荒謬的話題了，現在多好，我不和你爭了。

艾德親了親音音的手。

音音：噢，我給忘了，不行，你既然說了我是在謀殺你，我也得告訴你，你更是在謀殺我。你必須知道，謀殺不是一個人的事情，是兩個人的事情。你是在用普通的生活方式謀殺我。

艾德：又要說到這個，我說最好不說了。

音音的頭又靠回在艾德的肩上：求求你，我們改變一種生活方式吧，我們這兩個聰明的人，總是可以讓生活更加興奮的，而不是永遠一個人在練琴，另一個人在寫書，一個人想興奮，另一個人想穩定安靜吧？一個人永遠看著虛空，另一個人永遠看著收藏。

艾德：沒有辦法，我是這樣長大的，我的眼睛裡總是有很實際的形象，所以我可以寫出那些謀殺小說來。你讓我幹什麼？跟著塞澳去跳舞？

音音：那我也沒有辦法跟著你去收藏那些謀殺故事中需要的工具。

音音的頭又從艾德的肩膀上離開了。

艾德：我沒有要求你去跟著我收藏，是你在要求我去跟著你跳舞。

音音：算了算了，看來我們根本沒法達成任何協議。我們已經結婚了，今天是結婚的第一天，好像這一輩子我們都不會達成協議。

艾德：我也覺得是。我想把我所有的愛都給你，但是你永遠不會滿足。我不是你，也不是塞澳，也不是任何你想把我變成的那個人，我就是我，一個非常愛你的男人。

音音：但是以前發生過的事情還會發生麼？你的不停的追求迷戀？

艾德：我並不想叫我的迷戀癖發生，是你逼著我去迷戀除了你之外的女人。你知道如果你要求我去幹什麼，我就去，我也不是一個沒有魅力沒有本事的男人。你要是想接著去滿足你的迷戀幻想，我也會。

音音：那我們這叫什麼夫妻？剛剛宣過誓。我不過是想要求你改變一下，沒說馬上讓你接著再去顯示你的男性魅力。

艾德：我爲什麼要改變？音音。我本來是完全一心都在你的身上，是你逼著我改變，才會有那一切荒唐的事情。你要求我改變，等於是想和你自己結婚。

音音突然不再說話了。漸漸地，兩個人拉著的手也分開了。

兩個人沉默著走了很久，一輛計程車過來，音音招手叫車停下，上了車，艾德也跟著上了車，一路無話。

到了家，還是無話。

一個坐在鋼琴旁，一個坐在書桌前，沉默，直到天黑了下來。

兩個人偶爾同時抬起頭，對視了一會兒，突然對笑起來。

艾德：我明白了，你追求的不是完美，是殘缺美。

音音：你太聰明了，永遠最快理解我。完美平靜的生活，對我來說就是自殺。你說我是在用噪音殺你，但是大多數人追求的那種諧和完美的家庭生活，能殺死人對複雜事物的辨別力，讓人變成白癡。

艾德：其實不用擔心，我們的關係早已經殘缺了，我們完全可以在這個殘缺的關係上建立一種殘缺美。

音音笑：爲你所有的小說中人物找到充足的謀殺理由。

艾德大笑：我小說裡的兇手從來不殺承認殘缺美的人，殺的都是假裝完美的。

音音：那我想好了，怎麼能讓我們今後的生活更富於刺激而不流俗套。

艾德：怎麼樣？

音音：我們搬到最偏僻的鄉下去住。

艾德：不不不，那才是俗套，所有城市的人都以爲去了鄉下就能擺脫了自身的俗套，用大自然的美麗來裝飾自身無聊的城市人心靈，下次我的小說人物殺的就是這種人，哈哈。我還有一個更好的辦法讓我們的生活保持興奮，我們可以分開住，隔著一條街，怎麼樣？

音音：?!

艾德：你還可以住在這裡，我搬出去住在另外一條街上，我們不想在一起的時候就可以獨處，在一起的時候還可以象以前約會那麼興奮。你看這怎麼樣？或者我們可以用買一套大房子的錢買兩套小房子，一人一套？

音音：你怎麼還想著買房子的事？這麼長時間裡你的最好的主意就是咱倆各自租自己的房子，見面還是像約會！

正在這個時候，電話鈴響了。

艾德去接電話，一會兒，他掛上電話，回到音音身邊，表情沮喪。

音音：誰來的？

艾德：是嬋。

音音：她要幹什麼？

艾德：你不是嫌咱們現在太完美了麼？這下完美徹底沒了，連殘缺美都算不上了。

音音：什麼？

艾德：嬋說她可能懷了我的孩子。

音音：什麼！這怎麼可能？你這個笨蛋，難道沒有採取任何措施？

艾德：我採取了措施！！我沒有那麼笨！

音音：那她怎麼可能賴你？

艾德：她說她只有兩個選擇，可能是荊綬，可能是我。但是只有等孩子生下來做了化驗才能證實是誰的，這樣我們就得等十個月了。

音音：等十個月？我們剛結婚！要等她生孩子?!……

音音開始神經質地用細長手指敲打自己的腦門和臉……要是今天咱們沒結婚呢，我還能假裝這事跟我沒什麼關係，或者你也不用告訴我、她也不會在這個時候來電話，在今天以前咱們三個人都是獨立的，儘管我是你的女朋友。但現在，我是你老婆了，我也不知道現在我是該說話呢還是該住嘴？馬上走還是假裝大度？祝賀或安慰你，都能嚇你一跳。看來玩兒愛情遊戲，把咱倆都玩兒進去了。誰都會說愛情「崇高複雜」這種詞兒，但怎麼能不讓現實改變我們的天性？我可不想因爲婚姻的現實把自己變成那種隨時要頂人的母牛或者外表逆來順受心裡惡氣沖天的怨婦，婚姻本來是一潭美麗的湖水，但是鬧不好，就是一片沼氣籠罩，一池大糞墊底，世界上最大的污染資源……

艾德看著音音不說話，音音打住。

一夜冰涼。

尾聲

古老的詛咒秘訣：你的目標如果沒被擊中……

嬋把窗簾關緊，獨自坐在大鼎前，沖著鼎裡說話，似乎裡面有個人：其實我並沒懷孕，編個謊話算是給這對傲慢的人一個結婚紀念物！還是我聰明吧？他們以爲對人可以輕易的愛和厭倦，可以居高臨下的享受他們之間的特殊理解和愛情，這下他們的愛情徹底完蛋了。我知道他們對我不屑一顧，這個禮物只能使他們加倍噁心他們自己的過失。他們會噁心這個共同的歷史，後悔結交了一個如此低下的朋友，慚愧他們居然對我這個低級的人共同產生過愚蠢的愛意。他們的傲慢決定了先考慮他倆之間的關係，而不是我孩子的死活，也更懶得去調查和證實我是否是在撒謊。這兩個清高的笨蛋寧可面對他們之間偉大愛情的死亡，也不會低下頭來去調查我的謊言。出於對我的蔑視，他們會更加蔑視這個可能存在的現實，如果音音不願意承擔我和艾德之間的孩子，艾德也絕對不會讓她來面對這個孩子，於是他們會認爲離婚是最瀟灑乾淨的選擇，由艾德一個人來承擔後果是他對音音的最大獻身。我眞盼著看到他們離婚之後，又發現我其實沒懷孕的表情！這兩個自以爲是的傻瓜，爲了表示共同的傲慢會先去破壞他們自己的婚姻，也不願看見一絲我在他們情感生活中的痕跡。這只能說明我的魅力！讓他們墜落吧，那些高雅的教養可能是他們一生安全的庇護所，但殊不知被他們忽視的人，是可以用仇恨聚集起巨大詛咒能量的，把他們擁有的得意轉化爲射向他們自己的毒箭。

大鼎裡傳來一個老人的笑聲：你永遠是我的愛妻，一個眞正用戀情謀殺的高手。作家又算什麼？

*

但是幾天後，嬋走出門，看到遠處街上，有兩個人的背影看上去很像是音音和艾德，勾肩搭背地閒逛著，如同初戀的情人，又如同兩個魔影。

2010-09-12 北京

2010-11-11 美國加州爾灣

2010-11-18 北京

LOCUS

LOCUS

LOCUS

LOCUS